K INK INK INK INK INK INK
NK INK INK INK INK INK IN
K INK INK INK INK INK INK
NK INK INK INK INK INK IN
K INK INK INK INK INK INK
NK INK INK INK INK INK IN
K INK INK INK INK INK INK
NK INK INK INK INK INK IN
K INK INK INK INK INK INK
NK INK INK INK INK INK IN
K INK INK INK INK INK INK
NK INK INK INK INK INK IN
K INK INK INK INK INK INK
NK INK INK INK INK INK IN
K INK INK INK INK INK INK
NK INK INK INK INK INK IN
K INK INK INK INK INK INK
NK INK INK INK INK INK IN
K INK INK INK INK INK INK
NK INK INK INK INK INK IN
K INK INK INK INK INK INK
NK INK INK INK INK INK IN
K INK INK INK INK INK INK
NK INK INK INK INK INK IN
K INK INK INK INK INK INK

K INK INK INK INK INK INK
INK INK INK INK INK INK IN
K INK INK INK INK INK INK
INK INK INK INK INK INK IN
K INK INK INK INK INK INK
INK INK INK INK INK INK IN
K INK INK INK INK INK INK
INK INK INK INK INK INK IN
K INK INK INK INK INK INK
INK INK INK INK INK INK IN
K INK INK INK INK INK INK
INK INK INK INK INK INK IN
K INK INK INK INK INK INK
INK INK INK INK INK INK IN
K INK INK INK INK INK INK
INK INK INK INK INK INK IN
K INK INK INK INK INK INK
INK INK INK INK INK INK IN
K INK INK INK INK INK INK
INK INK INK INK INK INK IN
K INK INK INK INK INK INK
INK INK INK INK INK INK IN

INK

文學叢書

155

最美的時刻

明夏・柯內留斯◎著
楊夢茹◎譯

für Yuhui

獻給我的妻子陳玉慧

目錄

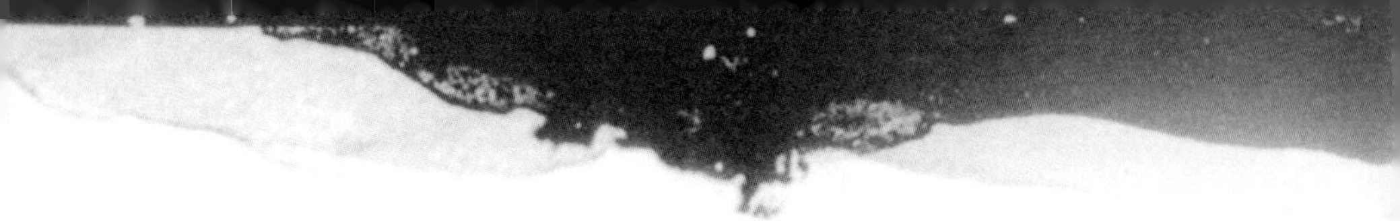

〔第一部〕

即使發明和進步，雖然有文化、宗教以及智慧，人可能仍然停留在生命的表面嗎？有可能嗎？人會用一塊乏味至極的布料覆蓋住這個表面，雖然這個表面總還是個什麼東西，而它看起來像夏日假期裡的沙龍家具嗎？是，這是可能的。

里爾克（Rainer Maria Rilke）

一

有一種味道我從小就很喜歡。我製造這種味道時，先用拇指慢慢地壓一隻金龜子的背，黃色的汁液從它扭動的臀部流出來，有一種妙不可言的強烈香味，我好喜歡。我很快地再從這個小傢伙的身上榨出剩餘的瓊漿玉液，一整天都還可以從手指頭上聞到那黏乎乎的味道。稍長之後，我就用一把榔頭，這樣比較快，連最堅硬的甲殼都能砸碎。

那個我想砸碎的女十坐在她的客廳裡等我，她已經等了四十分鐘，而我坐在她的浴室裡思前想後。對每一位新的顧客我都如此，在打過一般性的招呼，親左臉頰，親右臉頰之後，我客氣地說聲抱歉，然後去上廁所。「一下子有點兒不舒服，我連夜工作，眞不好意思，不巧就是現在。」這一招適用於所有的名人，無異議地立刻把我帶往他們最私密的地方。通常我會在那兒待上十五分鐘，十五分鐘是一種挑釁，對每個人而言，十五分鐘都是一種屈辱，無論他是名主持人、年度最佳製作人，或者電視斑比獎（Bamipreis）的得主。十五分鐘，這是我小小的永恆，我的禮拜，我的祈禱。

我坐在這兒已經超過四十分鐘了，不知道爲什麼。我完了，再清楚也不過，但我從一開始就是這個樣子了。每一天，每一個夜晚，自從我被說服從事這個該死的工作以來，雖然我一直做了下來。「現在走出去，振作起來，」我對自己說，「如果你現在再不走出去，這差事就丟了，他們預先付的款項也飛了。」最近我常和自己對話，我自己也覺得這樣不太對勁。

我是個代筆作家。身處的浴室與客廳幾乎沒有什麼不同，有上好的地毯和油畫，我在白色大理石的寺廟裡與沙葛蘭棠消毒劑的氣味奮戰，在陰暗、鋪了黑色磁磚的存在主義者潮濕的牢房裡冥想，唯一能劃破寂靜的是那金色的沖水鈕。我做這行愈久，就愈相信這裡才是一個人眞正的靈魂所在。我不是指用乳液來裝飾洗手檯或者不這麼做之類的，而是當這個人不在時，我卻覺得他在場；參加葬禮或者置身不久前有人過世的房間裡時，我也有一樣的感覺，好像那兒有個鬼，他仔細打量著我，一如我觀察他。

我顧客的浴室一片紫色，我瞪著紫色的釉磚、紫羅蘭顏色的毛巾以及窗簾。甚至那尊對我微笑的佛像也是紫色，那些小線香難道不也帶著點紫色嗎？

有人敲門，「喂，還好吧？」

「好多了。」我說，「剛才頭很暈，我馬上就來。」

這個上了年紀的女演員，半世紀以來青春永駐，光著腳坐在她別墅內軟皮沙發的蓮花座上，看起來一派輕鬆，我卻覺得她彷彿吞下了一根手杖。我們喝著茶，她以具魔力的語調說話，並且尷尬地笑出聲來；我將撰寫她的自傳。

我端詳她那雙保養得宜，但露出老肉的眼睛，有若生麵包糰的皮相，一個嵌了兩顆藍珠子的麵包糰。然而細微的差別在於，不知哪個促狹鬼在上面妝點了充滿皺紋的腫眼泡。我一時以爲對面坐著一個吸血鬼，是呀，也許這個女人有幾百歲了，她幾經鍛鍊、柔軟的身體只是要迷惑我而已，她將立刻撲向我，抓住我的脖子，喝我的血。

二

小錄音帶轉動著，我小心翼翼把它放到玻璃桌上。那位老姑娘準備就緒，提幾個輕鬆的問題後就可以開始了。

我偏愛微縮錄音帶的錄音機，待機時間長，根據合約，我允諾寫一本書的訪談時間爲三十個鐘頭。太少了我不幹，三十小時，可錄成十五卷微縮錄音帶，差不多十五卷微縮錄音帶可提供足夠的訊息。我習慣用微縮錄音帶的數量來區分顧客，有五卷、十五卷、二十五卷的類型，以及令人生畏的三十卷，甚或更多卷的類型，他們也喜歡用跑車載來一皮箱的錄音帶，都是過去幾年中談論經歷時自己錄下的。政治人物和歌手多爲三十卷或更多卷的類型。三十卷微縮錄音帶意味著要花六十個鐘頭整理的文字資料，夠其他人活三輩子了。我想這位有點年紀的女演員屬於五卷的類型，是第十次見面就無可奉告的那種人，就像報章或既有資料報導的那樣。

大部分人在第一次訪談時，二十分鐘以後就沉默了下來，這輩子他們已經接受過太多訪問了，兩分鐘、五分鐘或者二十分鐘，內在的語言自動裝置只能應付短暫的時距，製造一個又一個句子，冗長、耗損殆盡、空洞。然後，然後，然後。出生，上學，陷入熱戀，離婚，再度陷入熱戀，以及，想當然爾，邁向成功。不是一條平坦的路，從來就不可能是一條平凡的路，每次都是一條神祕、充滿傳奇的道路。一切——錄音帶放進去，摁下錄音鍵——飛快敘述，然後更快把它忘掉。這些敘述對我來說一點兒用也沒有，原則上我會把剛開始二十分鐘錄的全部洗掉，當著顧客的面，我把錄音帶捲回去。

喀嚓。

然後我按下錄音鍵。

喀嚓。

下次要試著掐死一個人。

我尋找一個故事，每個人都有一個故事。

我不是心理醫師，亦非聽取懺悔的神父，我靠聆聽賺錢，也憑藉不把所有我知道的都寫出來而賺錢。我用整型醫師的態度來撰寫一個生命，鑄造顴骨，弄直鼻樑，吸淨淚囊，劃幾刀塑臉。我每次訪談至少要花上兩個鐘頭，有時候六個鐘頭。如果無法繼續，就關掉錄音帶，我們吃吃東西，打高爾夫球，去散散步、游泳，然後我再把錄音帶放進去。如此日復一日，有時爲期幾周、幾個月之久。然後我知道，然後透過十五卷微縮錄音帶對一個陌生人的認識，比我對自己人生所知道的還要多。

我沒弄錯，這位女演員像一個五卷類型那樣說了又說，隨便我提什麼問題，短暫、果然魅力十足的哧笑之後，又可以接著說。

「第一次呢？」

「很棒，您知道，眞的很棒。」

「那是您在好萊塢的時候？」

「一段非常棒的日子。」

「在慕尼黑的狂放的七〇年代呢？」

「棒呆了。」

我早就不仔細聽了，眼光悄悄地漫遊過她的別墅，一共有二十三尊大小不一的佛像，其中五尊是我不曾見過的西藏神靈，一尊小米夏，我一時興起問她密宗的性愛花招並看到她臉紅，或者她這麼容易就臉紅了。錄音帶轉動著，這我倒是一直都很放心。

雖然她在說話，我卻覺得說話的人是我。我看著她的嘴唇在動，但好像我體內有一個人同步發出她的聲音。現在她用神奇的句子述說著一個神奇的人生，聽起來真是一個很好的故事。

我很好。

第一份差事之後我就對這個時刻上了癮，愛上這種似曾相識的感覺，像感受自己人生那樣感受另一個人生，直到我不再感受自己的人生爲止。我不再是我，但我又是誰呢？

酗酒的人會在一定的時間之後看到白色的老鼠及蜘蛛，到處都是蜘蛛。代筆作家聽故事，在沒有故事的地方也聽得到。

早年我當記者的時候，曾經體驗過幾次這種同步的感覺。我去印度採訪達賴喇嘛，當我終於站在那位聖者面前時，除了打聽他穿的襪子和鞋子之外，想不起來還有什麼事情可以問。令人驚異的是，我沒有被趕出去，相反的，那位聖者回答了我所有的問題，彷彿他期待回答這些問題似的。蹲坐在他後面三張小凳子上的三位秘書，努動著他們的嘴唇，在聖者說那些話的前半秒鐘，精準地形塑出每一個字詞來。他們怎麼知道達賴將要說些什麼呢？

還有，爲什麼在我提問時他們也無聲地努動嘴唇呢？看起來像吟誦祈禱文，但那是什麼樣的祈禱，一個關於襪子和鞋子的祈禱嗎？他們與佛教徒的上帝用一種雙工電話系統之類的東西說話嗎？「您穿多大號碼的鞋？」「號碼，哪一種號碼？」他重複一遍。達賴喇嘛笑了起來，而這笑容從秘書的嘴唇上傳了過來。「號碼，什麼號碼？」他們輕聲應著。達賴喇嘛脫下一隻鞋，茫茫然往裡看，秘書們的動作和他一樣。「不知道。」他說，「不知道。」秘書喃喃說道。

我在一家爲聾人與盲人製作節目的私人電視台服替代役時，學會了讀唇語，我爲聽不見的人寫報導和訪談的字幕，留意拍攝時音質要佳，如此盲人才能理解那些節目的內容。剪接室的工作很無聊，時間又晚，當其他人都離開了，我就把聲音關起來，觀察電視上喑啞的饒舌，然後寫我的稿子，練習幾次之後，我寫的字幕與眞正說出來的話竟然相差無幾。

一旦有人說方言或外語，我就無法賦予歙動的嘴唇任何意義了。下午我喜歡坐在咖啡館裡，從遠距離練習讀唇語，不久我就幻想自己眞的聽得見相隔三張桌子的人在說什麼了。

後來我在電影博物館看默片，對我而言那不是默片，在弗里茲．朗（Fritz Lang）（注）的《尼布龍根》（*Nibelungen*）中我聽到了演員大聲說話。然而那並非對話，我看到飾演克里姆希爾特（Kriemhild）的瑪格麗特．薛（Margarete Schön）張開口，但她只說了「一、二、三、四、五、六。」西格弗里德（Siegfried）答道：「七、八、九、十、十一、十二。」我弄糊塗了，而且生起氣來。後來我讀到那位導演強迫演員數數兒，這樣一來他們就不會因演戲而分心。

我也覺得自己的能力像個謎，有時候我想像與對面的人有一條心電感應通道之類的玩意兒，但我到底設身處地些什麼呢？那個在我的錄音機上喋喋不休的女演員嗎？那麼我現在得聽她像克里姆希爾特那樣數數兒，一、二、三、四……

有人說米開朗基羅可以凝視一塊大理石很久很久，直到他辨識出那其中已完成的雕塑品爲止。胡說八道！米開朗基羅從來就沒有在一個嘮叨個沒完的人面前坐上好幾個鐘頭，一個人突然只由一大堆句子和字詞組成，這種經驗他可不曾有過。

「靠近一點吧，米開朗基羅，瞧瞧這位女演員，你看到什麼？」米開朗基羅看見她的嘴裡擠出一個又一個字母，那些字母構成字詞，字詞構成句子，在這棟別墅的客廳裡，像輕輕飄落的沙子似的，堆積起一層又一層的句子。沙子落在佛像上，落在我不熟悉的西藏神靈上，落在小米夏以及我的錄音機上。

當我的腳踝沉到沙裡去的時候，我站了起來，然後回家。

注：一八九〇——一九七六，奧地利籍的導演、編劇暨演員。

三

瞬間成爲百萬富翁，這不是挺美的嗎？就這麼簡單，或者臉上的皺紋忽然消失了。如果這世界上的一切都像雀巢咖啡那樣簡單，不很好嗎？一點兒粉末、水，攪拌，然後就好了。

於是所有偉大的問題我們都有了答案，我們是誰，爲什麼活在世上，還有爲什麼當我們戀愛時，心會因喜悅而跳躍？

更好的是：我想像那一次遇到紅燈，必須停一下子——一位女神坐進我的車。

她慵懶地坐在我旁邊，說：「你可以許三個願，只消一眨眼的工夫，你就會得到你想要的東西。」

假使有一個宗教導師在書中允諾您希望得到的東西，您可得小心了。

大部分時候都是鬼扯，隨便哪個可憐蟲虛構的人生智慧。我就是那個可憐蟲，是那歇斯底里吃飽喝足的激勵大師、嬌小的女師父，以及月亮盈虧時思考的薩滿教徒的聲音。我寫過如《你做得到》、《你就是你》、《學習無翅飛翔》，或者諸如此類的書，我變得富有，買了一棟房子，再一棟房子，和茉莉結婚。就這麼開始的，我應該就此打住才對。

但那些自傳接踵而至。

我不需要在這本書裡欺騙您，您肯定是一個什麼都嘗試過，認識這個世界，了解自己，無所不知的人。或者選擇性地不認識這個世界，不了解自己，什麼都不知道。是什麼讓您此時此刻還活著？性，您練瑜伽，在彼拉提斯（Pilates）那裡上課，您是否換了一位新的心理醫師，或者您又一星期跑步三次？

儘管如此您仍舊不快樂，您什麼都有，卻不知那些東西有何用處。但是您會繼續下去。就這一天，然後下一日。似乎不知哪個地方有一個幸福按鈕，您每天摁幾下，便過得如在天堂。也許您後天就會找到那個幸福按鈕，在彩虹後面某個地方。簡單地摁一下，然後一切又都好了。

所以我羨慕您，我曾經和您一樣，我一直繼續下去，而且不知道原因。

有人告訴過我一隻豬的故事，那隻豬以爲自己是一條狗。牠只長到像狗那麼大，像狗一樣抬起腿來，酣睡時想事情，吠叫。一天又一天過去了，直到其他的狗再也受不了了，認爲有必要告訴這隻豬牠不是狗爲止。

「我」這個字在您目前所讀過的扉頁上出現了八十五次，「我的」二十三次，踵繼其後者爲二十次「我（第二受格）」，以及十二次「我（第一受格）」」。除此之外，我有十四次直接與您對話，一般來說我只在工作時才這麼處理。那個「我」正像一個「感覺眞實」的保險套那樣，晃過去了，如同對待陌生人的一個妓女那樣，唯有老主顧才不用。

從現在開始，您可以當自己是個老主顧。

冒這個險我並非義無反顧，但我想要告訴您的那些事情，以我看來，這自傳性的腔調最不虛僞。

當我著手寫這本關於我的人生的小說時，我以一位中立的敘述者的身分試寫了幾章，巧妙地引自己進入談話，偷聽內在的獨白，再添上一些哲學況味的思想。

我大約是這樣開始的：

他一直都被要求寫一筆好字，他痛恨這樣。但這是他唯一真的做得好的事情：寫一筆好字。

不是小時候字寫得漂亮的那種，那不太一樣。學校裡他在了無生氣的描摹字母一事上糟糕透頂，他就是辦不到，而且飽受折磨。從此以後他避免用手寫字，如果非寫不可，他幾乎不會辨認自己的筆跡；他自己的筆跡對他而言陌生且陰森恐怖。

寫一筆好字，意思是說，以別人的名義寫漂亮的句子。他從別人的人生形塑出新穎的童話，把這本小說寫成一個狂妄自大的人生。他很成功，被描述的人接納他杜撰出來的自傳，就像接受一套量身製作的西裝那樣，這套西裝凸顯了這個身軀的優點，並且慈悲地遮掩醜陋的那一面。

他習慣把與他簽約的人視為「顧客」，他們下訂單，包括特殊的願望，而他交貨。

每當他的顧客第一次把剛出爐的書捧在手上時，對他們來說，閱讀經常就像試開一輛新車。豪華轎車，空氣緩衝器，了解。上車，開車並相信，從來沒有坐過比這更好的車了。

從他的筆下而來的一本好書也是如此。

他很謹慎，一向不是封面上的編輯或修訂者，他是陌生思維的變色龍。

顧客開始相信是自己，而非一位代筆作家寫了那些故事。有些變得愈來愈像他為了那本書想像出來的人物。

這是他大綱的一部分，他表現得愈來愈好。一部分問題也是：他愈貼近他人的生活，就愈不受自己生活的影響。

有些時候他覺得在寫作上他靈巧、優美而且不朽，堅不可摧之餘又強大得如一個小小的神，從一個空無內容的生命捏塑出一個好看的故事來，甚至能把一個怪物變成一位哲學家。

碰到感人的敘述，我就用文字讓它聽起來像大提琴獨奏，好整以暇盡情發揮，代筆作家於是有若一個想像中的吸血鬼，吸乾一個又一個著名的人生，直到他被如此多的重要性所繚繞，期望自己很重要爲止。短暫的鼓聲隆隆之後，我讓這本小說的主角從幻影中現身。但這還不夠，還缺少一些簡單易懂的心理上的陳腔濫調，一種惡魔似的插科打諢——以及不可或缺的天大消息。我把他的人生與某種乳液的廣告詞兒放在一起比較：你就是你的面具——如果您塗抹一點兒我們的產品，毋須再補充。

但這種寫作方式令他作嘔，「他」令我作嘔，最後他就是「我」，而且他早就不好了，不若聽起來的那麼至高無上。如果一個可愛的敘述者溫和地描繪我的人生，這裡那裡插播一點兒細緻的東西，輕鬆愉快起見，爲這幅作品安裝上一個發笑的人。

讓我們忘了那個「他」，他早就不再是「我」了，他是另外一個人。

但我想寫下來，我曾經是一個什麼樣的人。

四

我開始一個新的人生。

每一本書都讓我過一個新的人生，我買十件黑襯衫、一件米色的西裝和一雙舒適的平底便鞋。這是我的戰鬥服，穿上這些玩意兒，我看起來像個騙婚之徒或者皮條客，無所謂。

我的上一個人生的制服，十件黑襯衫、一件米色西裝、舒適的平底便鞋，之後，我都扔了。我不想穿一個死去之人的衣服，在這種情況下，那是一個死去之人的衣服。我穿戴那些行頭三個月之久，當一個有點兒年紀、身體年輕的女演員，到了最後我也像她那樣咯咯笑得魅力四射，我學瑜伽，野獸般尖叫，喝巴赫花茶。

我獨立作業，對自己負責，我撰寫一本書的時候，就不再接其他的案子，這純粹只是安全措施，爲了不要失去理智，我嚴格遵守這項規定。年老的沙漠僧侶和印度的苦行僧是我的榜樣，年輕的佛陀爲了尋求了悟，因而走向森林裡的托缽僧以及挨餓的藝術家那裡。他接收了一條狗的性格，吠叫著跑向四面八方幾個月之久，只吃垃圾。在他當狗苦行僧夠久了之後，他嘗試當一頭母牛，繼而當蝙蝠苦行僧。他倒掛在一根巨大的枝幹上好幾個星期，除了想像自己是一隻蝙蝠之外，他什麼也不是。

我還沒這等功力，我還處於初期階段，忙著跳脫我自己，溜進另一個人的身體裡。

苦行之於我是處罰，我嚴格限制飲食，我只吃用剁碎的豬、牛肉和肝做成的煎肉餅。

只吃這種煎肉餅，我成爲只吃這種煎肉餅的僧侶。除非完成了一本書，否則我不吃別的東西。

先改變的是我的皮膚，其次爲心靈。

我以前試過幾次，當我在寫作上難以爲繼時，我便強迫自己透過限制飲食取得成果。一開始我厭惡老是吃同一種食物，後來我很看重同一種食物所具有的平靜力量。那時我正借助於一袋紅色的紅花菜豆來寫我的碩士論文。每天晚上我用水浸泡一碗豆子，第二天早上爲了我的日常理性把它給煮開，一碗豆子表示每天要寫兩頁新稿。

煎肉餅是一種更好的藥，不會引起脹氣，而且我可寫出三頁來。我七點鐘起床，寫到十二點，這以後我吃煎肉餅，再繼續寫上兩個鐘頭。

一項截腿的手術。一位女醫師俯身向我，「生日快樂。」她說。這只是一種想像，但她不再放我走，每當這些於開車時突然想到的意外事故及傷殘發生時，我都會用右手的指節骨敲中間托架的木頭三下，每次都奏效，擊退危險的情況。車道上的意外，連環車禍，撞上高速公路橋。這些意外不在街道上發生，全在我的腦袋裡，但現在我除了密切注意車子之外，也密切注意截腿手術，即使我頻繁地敲擊，想像卻沒有消失。

我希望我能像大仲馬（Alexandre Dumas）那樣組織我的人生，那個在他家地下室讓七十名文學苦力忙得團團轉的人，所有代筆作家的專屬格言起源於他：「一個人具名，許多人撰寫。」在他那個時代，代筆作家叫做「黑人」，那時由「黑人活兒」所產生的鉅著如《基督山恩仇記》（*Der Graf von Monte Christo*），或者《三劍客》（*Die drei Musketiere*）。大仲馬小說工廠裡的員工研究真實人生的故事，盡其所能地找出來，在檔案室與圖書館裡複製許多情節。一年之後大仲馬發表了六十本著作，一生中寫了五百多本書。我距離這個目標還遠得很。

一八七〇年過世前不久，大仲馬對他的兒子坦承，他從未好好地看完一本他自己的作品。

五

安迪．沃荷（Andy Warhol）邀我去談一談這本女演員自傳的封面，並且暗示下一本新書。安迪．沃荷，我管他叫艾歇，出版社的負責人，像黃金時期的安迪．沃荷那麼蒼白，遠看他白金色的頭髮，還以爲是已死的他重新出現在一場下午的談話性節目中。他有一張肺病患者的鳥臉，以激發同情心，卻仍然散發出慈母的光輝。好多次他以這張臉說服我提出新「企畫」，他是這麼說的。他的心情好得不能再好，辦公室地板上放著三個新的封面草圖，女演員在那裡，老出版人在那裡，散發著香氣的藝術總監也在。他聞起來像灑了某一種女用香水，而我對此過敏，不是變得很有侵略性，就是要窒息了。

「你們最喜歡哪一個？」沃荷問。沒有人說話，女演員出汗了，老出版人沉默，藝術總監逸出他的香味。沃荷等著，我則必須咳嗽，然後帶著點兒情色味道用腳去踢那個封面。書名爲「永遠年輕」，像女演員飽滿的嘴唇一樣是櫻桃紅的顏色，「這很好。」我說。

「一點也不好。」老出版人說了，注視著我，「對了，你又是誰啊？」

談完話之後，沃荷邀我去吃午餐。書已經交出去了，我終於可以愛吃什麼就吃什麼了。每次我們都上那家以內臟著稱的巴伐利亞餐廳，沃荷喜歡吃內臟，尤其愛吃洋蔥湯裡公牛的睪丸。每當我們來這家餐廳，他總要提一下，並用一模一樣的字句講一遍陪他上醫院，自己突然感到不適的那位朋友的故事。「您就在走廊上那張空床上休息一會兒。」一位護士建議。那位朋友躺了下去，睡著了，他在手術室醒過來，看到一位手持手術刀的醫師俯身向他。他抽起筋來，兩條腿猛然往上，擠壓著睪丸。他嚴重受傷，驚慌中又心臟病發作，差一點要了他的命。爲什麼沃荷每次都講這個故事給我聽？我夢到了醫院，早上在手術室裡醒過來，想像著死之前擠壓罣丸的情景。

沃荷為我們兩個人點了白啤酒。

「你會喜歡新的企畫，你有一個司機，可以乘坐私人飛機。」

自從《你做得到》、《你就是你》、《學習無翅飛翔》以及類似的書大賣，高踞暢銷書排行榜好幾個月之後，他就以「你」稱呼我，對我像對待他最好的朋友一樣。出版人都很擅長給人賓至如歸之感，讓人覺得自己重要，好像在幾千本新書以及數千位作者之中的當下，只有一本書，只有一位作家。

「你的稿酬將會加倍。」

他開始誇張了，司機和私人飛機已經夠教人懷疑那是個何其複雜的差事，但如果毋須談判就把稿費提高一倍，大部分是因為另一位代筆作家在交稿之前忽然脫隊，然而目錄已經印好，新書發表會的日子訂好了，而且到處都在預告那本書的時候才會這樣。

「可以準備了，但是去東京我可不幹！」我說，「是誰呀？」

沃荷笑得迷人。

「您好嗎？摩西摩西。」他哈腰鞠躬。

「東京」是我們的代名詞；東京，是我們關於棘手案子的暗語。

一次他也答應要付我雙倍的酬勞，送我到日本去，我將拜訪一位九十八歲的禪師，把他的思想寫成一本書。這份差事名爲《用米體會綠茶的滋味》。那位老人在他位於京都的寺院裡接待我，看到我他很高興，他是一個矮小結實、有一個圓肚皮的男人。

「您大過便了嗎？」寒暄時他問我。那位日本翻譯眞的說了大便這個詞兒，我假裝沒聽懂他說的話，鞠躬。

「雲是天空的訊息，你知道！大便是我們身體的訊息。」他忽然說起英語來。

「雲是天空的訊息？」

「他說大便是我們身體的訊息。」翻譯重覆了一次。

這位大師跟我解釋了好幾個鐘頭他關於人類排泄物的哲學，他不想談他的書，認爲講書浪費時間。他比較喜歡閱讀包括形狀、顏色，人類腸狀物的性質。排便透露了一個人的人格、病情以及壽命，除此之外，他將之歸功於幾十年來的研讀，因而可以從中診斷不同國家的特質。

「在新幾內亞一條大便有一公斤那麼重，日本只有一百公克，德國三百公克。這是什麼意思？」

我不知道。

「不去東京，」沃荷說。「我想讓你寫安德烈亞斯．霍甫的自傳。」

我呆了一下子，在他提醒我之前：霍甫是今年最佳製作人，也是一間證券交易網路公司的創辦人；他是新興市場的神童，讓好多股東成爲百萬富翁。他的看呀看電視公司股票在一年之內就漲了一千倍，霍甫是快速賺錢的宗師。他沒出過書，他需要我。

「我們還只有五年，」我的朋友湯瑪斯說，他是個記者，晚上喝著啤酒。他這麼說，好像說完之後我們的生命便成爲過去。「五年，要過得不錯，成就大事。」這是他以個人特質祝福我四十歲生日，在一九九九年十二月一個涼爽的冬日晚上。

才過午夜我就獨自回家了，去茱莉那兒。

我想著霍甫，也許我應該買股票。手機響了，是霍甫，沃荷把我的私人號碼給了他。他立刻進入正題。

「明天早上有人來接您，七點，我的司機會來載您。我們搭飛機去倫敦。」他的聲音聽起來和電視上一樣，彷佛他不是在跟我說話，而是和一大群觀眾說著話。

「您知道我的格言嗎？」

「不知道。」我有氣無力地說。

「你達到什麼，無所謂，你做什麼，無所謂。總有一個更年輕的人，更快的人以及更強壯的人，而這個人只等待超越的機會。」

然後他笑了起來，「不是我說的，」他說，「但可以是我說的。」

這是艾爾．帕西諾演的一部電影中的對白（注），足球教練湯尼．阿瑪托（Tony D'Amato）在他人生的轉捩點上必須以這個事實作爲結束。

注：《挑戰星期天》

六

臨睡前看了一個關於兩位鄰居的故事，其中一個叫做榔頭，另外一個叫釘子。釘子每天搭火車去上班，他吞下一位瘋狂醫師開給他的藥丸，克服搭火車的恐懼。他不知道那些藥丸只會擴大他的恐懼，但他一再需要更多這種他無法在任何地方合法取得的藥丸。現在，釘子向一位他在墓園及火車站廁所碰面的毒販購買這種藥丸。

榔頭有一個兒子，有一天早上他不想起床，於是不斷有新的醫師被召來他的病床前，江湖術士和神醫也都請來了。然而這個兒子沒有生病，他只是不想起床，他喜歡躺在床上瞪著天花板，這樣他就覺得很幸福。

與茉莉分手之後，我的生活變得比較有條有理。茉莉問了太多問題，而我沒有答案；茉莉是中國人，我愛她小巧的腳。「你希望過怎樣的生活？」她常問。她是上海人，想要小孩、家庭，不要一個吃煎肉餅的僧侶。

茉莉是我去印度旅行時認識的，我在一個荒涼的火車站等了三天，火車沒有來，但沒有人在乎。第一天我每隔一小時就問一個坐在我旁邊的印度人火車的消息。馬上就來了，火車，每次他都這麼告訴我。「信任我。」天空即將放晴，「季風，你知道。」然後他再度沉沉入睡。他是個朝聖者，和我一樣想去迦葉（Gaya），再從那兒徒步到菩提迦葉，去看傳說中佛陀悟道的那棵樹。

茉莉引起我注意的，是她憂傷的臉，我愛上這張凝睇的中國面具，完全心不在焉，甚至不適合一位年輕女孩靈活的身體。她有漂亮的嘴唇以及小而堅挺的胸部，她的皮膚柔軟，白皙光亮。茉莉二十一歲，嚮往西方的生活，她幾乎不會說英語，而我不懂中文。

但我相信，我們再也不會像在印度火車站那次聊得那麼好了。

剛認識時我習慣盡可能給人一個可怕的印象，有時是來自巴登巴登的掘墓人，或者在賭場裡收賭金的人，有的時候則是自由民主黨的代表。大部分女孩覺得上當，客氣地疏遠我，我靠這個避免「你——從事——什麼工作」和「你——有——多少——錢」的對話。對一個來自上海的女孩而言，一個自由民主黨代表大概值得追求吧，於是我決定使用賭場裡收賭金的變數，告訴她我是賭場的職員，備受夏天也不肯脫下毛皮大衣的老女人，以及下班後我樂意在她們的豪華別墅裡與之溫存的富孀寵愛。我不知道茉莉聽懂了沒有，但我讓她笑了。她是作家，她說，而我想必讀過她的作品。她拉起她的毛衣，我看到「像恨我似地操我」，在她胸部正上方的金色字母。「我寫運動衫。」她說。「這些是我寫的口號。『操我，我很有名，快操我——外國人來了。』以及『嗯，你不是一線混蛋陽光嗎？』」

我們所等待的那列火車，一直都沒有來。

我們僱了一位用喇叭與我們，與世界，與宇宙對話的駕駛，他在十字路口中央緊急煞車時，我們才開了幾公尺。他按了又按，我們後面的卡車也按喇叭，他開得這麼急，我因此彷彿覺得引擎在我後頭喘著氣呢。茉莉開始出汗，「怎麼啦？」

「雲。」駕駛說。

「什麼雲？」他向上指，指向天空，「那雲彩，很漂亮不是？」

我點點頭，他繼續開車。「很好，」過一會兒他說，叭叭。「樹。」因一棵桉樹樹葉上的金色亮光而感到高興，爲了禮讚馬路中央狹長綠地上的一頭牛，冒險開上坡道。

「水牛。」叭叭，因爲中午十二點了。「吃飯？」叭叭，當他看見一個美麗的女人時，或者只是因爲他的叔叔昨天結婚了。

我在印度學到，生活和開車一樣是門藝術，不開到哪裡，不抵達哪裡，雖然如此還是很幸運。我想和茉莉去新德里，再去造訪泰姬瑪哈陵，往南開幾個鐘頭，但我們始終沒有到達。我們卡在車陣中，好像有一隻碩大無比的蜘蛛把我們捕進了街網。這位駕駛高興得按喇叭，整個人放輕鬆。「雲。」他又說，並且笑了。他指的是從引擎蓋升起、混合著排氣管棕色煙霧的熱氣，交通混亂在印度和季風一樣，是一種自然威力，唯有按喇叭，基本上這是最新穎的簡短祈禱，才幫得上忙。

從那以後我愛上了塞車，以前我去海邊感受波浪，今天我在交通中尋找澎湃的海潮。當交涌的薄暮升起，東京白鐵塔綿延幾公里長的陶然醉意，上海尖峰時段的咆哮，洛杉磯狼嚎似的警笛。

我們剛結婚那幾年常去亞洲旅行，我見識到好多年以來就持續塞車的城市，譬如曼谷和台北，以至於人們忘了不塞車的情形。有一次茉莉和我在台北釘在一輛計程車裡，從一個受歡迎的塞車廣播節目上聽到舒伯特與孟德爾頌的音樂，同時背後響起甜美的鋼琴旋律，在這個美麗的時刻，一個女主持人催眠似的聲音苦苦哀求著：「讓我們乘上這個旋律的翅膀遨翔至天堂。」我透過玻璃的滑動車頂向上望，夢想著隱藏在灰霧面紗之後的天空。

計程車司機把我喚了回來，他先對我來一篇關於他的上帝的演講，那是一個在後視鏡那兒晃來晃去的小小的塑膠小人兒。「世界沉淪。」他說。我沒興趣聽，然後他暴露了自己拉保險的身分。但實際上他是藥劑師，那輛車就是他的店面，他翻找出幾個盒子，用微張的手輕撫排檔，同時在後視鏡裡向茉莉眨眨眼。「虎鞭，很猛喲！」他說。

後來我認識了一位騎摩托車的僧侶，他願意載著我到處跑，「你想去哪裡？」他問。

「隨便，到這城的另一個盡頭吧。」我上了車，他倒車，在車陣中加足馬力，逼近一輛公車，公車在最後一秒讓步，迎面來了一隊摩托車，或左或右從我們旁邊擦過，公車因此在地上犁出一條溝來，到處都找得到狹長的裂縫，從中間刺穿過去。我發抖了，摩西將海一分為二時，是否也有這樣的感覺？看起來似乎摩托車發出一股力量，把交通流量切成了兩半。我曾經讀過僧侶會飛，大師會放射出能量的事情，並且為此發噱。「您怎麼做到的？」後來我很想知道，他微微一笑，在空氣裡畫了一座山，面無表情地望著喧騰的車潮。在台灣，交通擁擠時間稱作尖峰時間，一個最高力量集中起來的奇幻時刻，雄偉且神祕，一如喜瑪拉雅山。

我不禁想到洛杉磯，我最鍾愛的城市，有半個巴伐利亞州那麼大，車子多到足以塞住每一條高速公路的程度。在充斥著建築物的土地面積上，一半以上除了街道外別無他物，形成一個巨大的高速公路網。年代最久的高速公路之一，有令人喘不過氣來的陡坡和裝飾藝術風格隧道的巴沙迪那（Pasadena）高速公路，至今仍在使用。四〇年代之後，人們夢想著一種至今已蓋了一千一百公里長、宏偉的「停止免付費高速公路系統」，很可惜，自由的點子一直都沒有發揮功能，從頭到尾只是虛構而已。高速公路愈來愈寬，車陣愈來愈長，今天機場附近那條美麗、具現代感的中央（Century）高速公路有八線道，每天吞吐三十萬輛車——對我來說那是最純正的塞車黃金國。一九四〇年，諧星鮑伯．霍伯就在銜接聖法南度谷區（San Fernando Valley）的好萊塢（Hollywood）高速公路啓用時大開玩笑，說它是「美國最大的停車場」。

沒有哪個地方有像高速公路上的巡邏飛機那樣有趣又無意義的東西了，在巨大的瀝青線路上，毫無目標地穿越區域舞台。汽車是一則關於自由的碩大神話，而塞車是其終點，也是它的希望。

在洛杉磯我有未來的幻影，我在所有高速公路的交叉點「交換」站上幾個鐘頭，一個好幾層的十字高地，三十六條高速公路在此交會，車潮消失在水泥構成的祭壇裡，然後被吐出來，以便流往各個方向。我夢想著，終於整個地球馬達化了，如果十二億中國人中，每兩個人就有一個人有車，印度以及非洲的人也都有車的話，全世界都會大塞車，繞著地球兩次、三次、四次，可不是太妙了。慢慢的，所有的鐵皮頂上都長了草和青苔，而我光著腳從那上頭走回家。

基本上我的生活是一場不願結束的塞車，它不向前行，雖然它一直在走。

我的婚姻不久就只由等待所組成，茉莉什麼都等，而我想必也在等些什麼。

「你只是表面上是我的丈夫而已。」很快就說得一口好德語的茉莉說。我喜歡這個想法，我只是表面上和她結了婚而已，彷彿我一直都還是一個人，僅僅假扮丈夫。我愛這種虛假的生活，早上去我小小的辦公室裡上班，晚上回家。我很享受這種虛假的存在，燙好的襯衫，按時開飯，還有收拾好的房子。我想，我是這個角色的完美演員。「你像俄國的套娃娃，」茉莉說，「每當人們拿起一個套娃娃，那背後藏著一個新的我，而且每次都有一個新的我。」

當我離開我們共同擁有的位於郊區的房子時，我像一個說他出去買包菸的男人那樣離開了她，短暫的，當我跨過門檻兒的當下，我想像那是通往另一個人生的大門，而我將在另一邊出落得有若另一個人。

我搬進城裡的辦公室，那間位於一樓、又小又暗，我把它布置得像一個旅館房間的公寓。以前我曾經在這裡過夜，如果我想與我的微縮錄音帶獨處的話，我把它們收藏在一個小盒子裡，放在那些我小時候保管金龜子的盒子裡。

雖然我錄下了那些訪談，但從不曾聽過，每當我寫一本書，就把錄音帶拿出來，拿在手上觀察，然後開始寫。

我沒有名叫釘子或榔頭的鄰居，我的鄰居是那座塔。如果我從窗戶往外看，或者走上陽台，會看到一面窗戶反射的牆，從我的角度看來，那面牆直達地平線。我公寓所在的後面那棟房子，其實應該拆掉了，但屋主抗拒，所以它現在才會在一座六〇年代的辦公大樓的陰影下，如同一個控訴，緊緊貼著，鋼製的蜂巢在飄浮，我完全看不見它。鏡子大樓像一隻變色龍，吸收了天空的顏色，它吞下太陽、雲彩、星星，當我坐在書桌前，天空往下覆蓋到我的腳前。我愛這個反射的海洋，我能夠讀到其中的聲音，雲朵在暴風雨來襲之前黑色的盛怒，晚霞之輕浮以及我的渴望。我往外看進鏡子裡，鏡子和我一起眺向遠方。

戴著一頂看呀看電視公司檸檬黃便帽的司機在車門邊等我，車子裡，馬達在運轉著，坐著一個穿著剪裁完美的西裝的男人，「安德烈亞斯．霍甫，歡迎登上賓士頂級轎車。」他說，把手伸向我。那是一隻細嫩的女性的手，皮膚很柔軟，甚至和這個男人敦實的身材一點兒都不相稱。他讓我坐進這輛黑色賓士車的後座，此時司機把我身後的門給關上了。霍甫不說「問候您」或者「哈囉」，而是問我開哪一種車，「捷豹。」我彆扭地答道，「一輛很老的XJ，爲什麼問？」

「那不是車子，那是一種病。」他終於放開了我的手，「您很懷舊，這是您的問題。」他注視著我，好像要使我催眠，他有一雙蜥蜴般窺伺的眼睛。我問自己，這輛轎車棕色的皮椅是否和他的臉一樣繃得很緊？

「每個人都需要一種結構，而您沒有結構，這我從您的手、您的眼睛看得出來。您不打領帶，日後和我一塊出門，要打領帶！您到底想賣什麼東西給我？蒼白如您，年輕的朋友，連一口棺材我都不會向您買。」我不年輕也不是霍甫的朋友。沃荷是我的朋友，雙倍的稿酬亦同。

霍甫敲我的肩膀，「我喜歡您，眞的，您讓我想到自己，想到那個年輕、愚蠢的霍甫。」

「關於我的故事，您有什麼看法？」

我還沒想到這個呢，目前我常想到的，是我自己的故事到底怎麼樣？

「這是您的書，不是我的，」我說。「我怎麼想，可一點兒都不重要。」

我想到我爲一位修道士寫的自傳。那位修道士遇見上帝和天使，但他不想談。那時候我在修道院住了好幾個月，輕快的鐘聲使得白天的節奏變得簡單多了，晚上我從修道院溜出來，到村子裡與一個十九歲的女孩上床。但這一點兒用也沒有，和她燕好時我覺得自己像個修道士，我飽嘗被害妄想症之苦，我怕別的修道士早禱時會聞到那女孩的味道，然後向院長告發我。

「停車。」霍甫指示司機在超車的線道中間煞車。車子停了下來，差一點被一輛貨車撞上。我們都快到機場了，現在卻站在兩線道的車道上，晨曦被捲進巨大的M字母裡，這座機場的建築師把它當成一塊謎樣的墓碑豎立在街旁。

霍甫下了車，無視於那些按喇叭的車子。「您過來呀。」他說。我們沿著路邊散步，車子跟在後頭，與我們保持著一段距離。

「我向您建議一個實驗。」

「一個實驗？」

「我送您一輛賓士，我的裁縫爲您做幾套像樣的西裝。」

「這什麼意思？」我檢查錄音機是否還在轉，不清楚這是他說的呢，抑或我只是聽到而已。

「您就當作是一種測驗好了，如果您通過了這場測驗，就可以寫我的自傳。」

七

賓士車穿越柵欄到飛機跑道那兒，直接在通道上停了下來。「霍甫二世」漆在白色的挑戰者六〇四號上，依照慣例，沒有人在這座小型的機場停私人飛機。飛機駕駛走下階梯與霍甫打招呼，階梯上有一位金髮空服員端著兩杯香檳等候著我們。我無法把我的目光從她駭人的大嘴唇移開，差不多占據她半張臉那麼大。「我再也不會拋棄它了。」霍甫說。

「我也不會。」我心想。

他的私人飛機布置得如老式英國雪茄俱樂部的風格，鑲木的牆壁，一個假壁爐前放著一張帶頭的虎皮，一對高靠背、舒適的沙發椅。我沉入軟軟的皮革中。「雪茄？」大嘴唇對我說。「嗨，我叫海芙，您要是想要什麼的話……」海芙欠欠身，一邊維持手上打開的雪茄保濕裝置的平衡，她彎得多了點兒，好讓我看到她的胸脯。她穿著一件白色透明的衣服，除了遮住一條紅色、有花邊的內褲之外，一覽無遺。

我必須想到上帝，想到一個我評論了兩年色情片的私人電視頻道，我坐在巴伐利亞影片公司的辦公室裡領高薪，每天大約挑選個一百卷錄影帶。我是節目企劃，掌管胸脯。那個時候影片中有許多海芙，不久後我的腦子裡也有不少海芙，基本上海芙都有一頭金髮，是秘書、護士或者空服員，她們向來就有這樣的一張嘴，而且每次都會彎身向坐著或躺著的男人。為了不使自己發瘋，我每次只看影片的前幾分鐘，然後轉回帶子。影片在我眼中無聲地上演的同時，我就寫我的評論，從千篇一律如男孩遇見女孩、男孩操女孩的情節中，虛構出一個聽起來不錯的故事。這就是故事，對收視率來說，這個故事很重要。事先預測影片的收視率是我的工作，而且我做得很好。那時我常常問自己，上帝是不是弄錯了，或者故意製造一大堆長得像人的生物來；也許我看了太多影片，但我覺得這些色情片的演員好似奇形怪狀、簡化了的人類樣品，只會在簡化了的形式中像系列樣本似地來到這個世界上。聲音、髮型、臉，解剖學上的細節。我突然在朋友中，或者完全不認識的人中，發現與影片裡像得一塌糊塗的面孔。有時候一個表情、一瞥或者一個動作就夠了，我記憶中的刻板印象旋即折磨著我，我花了好幾年時間，才把這些固定不變的色情——似曾相識趕出我的腦子。

現在那個鬼又來了，在我面前坐著「那匹閹馬」，我應該早一點為霍甫取這個名字的，還有「那個下半身」，對我來說這是金髮的海芙，而我突然只是個控制著他的「喬治」的「頭」。人、身體各部分、物體都是「那個人」、「那個臀部」、「那雙絲襪」，「那」這個字是她給我的可交換的客體。

「我們在倫敦做什麼？」我問，目的在使自己分心。

「造訪那尊古代巨象。」

「古代巨象？」

「嘿，朋友，聽過那些在西伯利亞千年不化的冰雪中被發現的碩大大象沒有？」

我點點頭，不知道霍甫和我說話時，爲什麼和在《邁阿密風雲》中飾演偵探克羅克特（Crocket）的唐．強森（Don Johnson）與他有色人種的夥伴涂布斯（Tubbs）講話一個樣子。

「嗨，哥兒們。」我回答，「有何大事？」

霍甫拿了一根雪茄，那尊古代巨象是片商的奇特樣式，從石器時代以來就有了。「我喜歡那尊古代巨象，」霍甫說，「像一個結成冰的朋友。」安德烈亞斯．霍甫買下兒童電影及古代巨象的錄影帶的版權，然後再賣掉。塑膠恐龍、神話中的飛禽走獸、洋娃娃，原子筆、牙刷、運動衫以及有圖案的咖啡杯，這些霍甫獲利最多。「促銷廣告，我的朋友，大事。」他又開始說起他的故事「您想，什麼是，我的故事？」

我還是不知道。

我在想「那個下半身」，必須克制自己不用「那隻淫蕩的手」去抓她的屁股。「那匹閹馬」繼續說道：「最近我看到一本畫報裡說，我的故事是一位在周末的派對上揮霍法拉利車鑰，把一輛保時捷停在員工的辦公室前，而非送一束花的億萬富翁——就這樣。」他幹嘛什麼都告訴我呢？難道這是他考驗我的一部分？

「所有我們做的事情中，眞的有一個故事，這個故事就叫做：我們必須賣東西。我們必須什麼都賣，每一天、每一秒、每一瞬間。」

我不知道除了淫蕩之外，我有什麼可以賣的。

霍甫讓我想起一位幾年前我在優婁頻羅村旁乾涸的河床上遇見的，與其說話的印度宗教家藥師佛，他坐在印度教神龕旁，就是佛陀悟道前不久坐了好幾個星期的位置，直到他發覺自己的苦行是誤入歧途爲止。一條線從這位宗教家的嘴裡伸出來，他在上頭誦禱並反覆咀嚼。那時我正在研讀一本關於佛陀一生的書，走遍印度尋找歷史遺跡。這個男人把他的線——

苦行說給我聽，幾個月前他吞下一條約二十公尺的繩子，很有耐心地等著，直到那條繩子循再正常也不過的消化路徑周遊他的身體爲止。「你知道，」他說，掀了一下他的披肩。線尾果然從他的臀部伸出來，他用一隻手握住，同時用另一隻手握住那條從他嘴裡伸出來的線，環繞起來。他交替地拉扯兩端線頭，好像在清理笛子，然後遞給我從他臀部出來的那截繩子。「先生，來，你想感受生命之輪嗎？」

安德烈亞斯．霍甫還在說話，好像是我書中的一個角色。「我們是誰，根本不重要，麵包師傅、賽車手、妓女或者代筆作家。到了晚上只有我們做了什麼事情才算數，而不是我們其實能夠做些什麼，結果才是重點。」他在等我答話嗎？我應該說：是，大人？霍甫把我的沉默當成贊同。

「賣、賣、賣，這個故事構成了貫穿我生命的主軸。」他說。

挑戰者六〇四號在倫敦市區機場降落，停在一架里爾六〇的旁邊，這架飛機屬於古代巨象所有。霍甫單獨登上另一架飛機，以便簽幾份合約；飛機駕駛去吃飯。

「那個下半身」和「這個頭」終於獨自一人。

操、操、操、操，這是我和紅嘴唇海芙寫的故事。

八

第二天早上我在海芙的屋子裡醒過來，太陽即將升起之際，她已經穿戴整齊，頭也不回地走了。我喜歡不多愁善感的女人，只是單純地做她們的工作。我從她位於奧林匹克中心頂樓的小屋窗戶望出去，想像「那個下半身」正在雲端，介於慕尼黑、莫斯科或邁阿密之間的某一處，爲霍甫的生意夥伴送上幾杯清涼飲料的樣子。「哈囉，我叫海芙，如果您需要什麼的話……」我不需要什麼。觀察一群迷路的海鷗，在奧林匹克中心變鈍了的蜂巢頂上打轉。從上俯看這幢建築物，教人想起某一個沒落文明倒塌了的神殿，一個被遺忘的時代的斷垣殘壁，而現代人來到慕尼黑才不久呢！那時有一位建築師爲奧林匹克村設計了浴室，浴間看起來如同令人垂涎三尺、巨人般的優格杯，沒有瓷磚，沒有接合楯，沒有螺絲釘。整套浴室由一個雕塑品組成，洗臉池就從牆壁長出來，甚至馬桶和浴缸都完整地從地板盤旋而出。許多年前我還在念大學時，第一次站在這樣的浴室裡，就在那個時候發現了我偏愛這個人類私密的地方。我在優格杯裡坐了一小時，思索著海芙告訴我的關於霍甫的一句話，關於他成功的祕密。「你必須每天像用一把牙刷那樣清潔你的心靈。」也許我因此在海芙的屋子裡找不到人的蛛絲馬跡，牆上沒有照片或圖畫，客廳裡的玻璃桌上沒有灰塵，命案組的專家在這間屋子裡也找不到任何人類的生命痕跡，除了我的指紋以外。

信箱裡有霍甫的聲音，我應該去「中心」拜訪他，傍晚六點左右向他的秘書報到，車子已經在那兒了。我差一點兒就通過了頂級賓士車的考驗，「只是還有最後一場考試。」

我把我的捷豹停在地下停車場，搭電車去。我只有在全神灌注的情況下才搭電車。我決定沉默，管它發生了什麼事，就像僧侶阿迦同一千七百年以前棲息在埃及的沙漠，嘴裡放了一塊石頭一樣。那塊石頭含在他嘴裡有三年之久，直到他完全沉默爲止。搭電車是一種低聲下氣的練習，搭電車是一齣看不見的戲劇，爲此我們要買一張可笑的有效車票，一旦上了車，就開始上演，而我們永遠無從得知這戲何時結束。

黃昏時分最適合電車戲劇，我隨著上班族的人潮走進地下，想像自己爲一個大企業工作。

我第一次穿上霍甫的裁縫爲我做的西裝，感覺很好，似乎我的人變好了。我輕輕、均勻地呼吸，在月台上與一隊另一齣戲的觀衆等著上車。現在開始了，開啓內在的自動裝置，讓一切發生。我一下子就被推進了電車，關在車廂裡。練習可以開始了，我留意到入口旁有一點兒空間，而我比較像是被磨蹭過去的，而非自願地坐上那個座位。倒不是我沒良心，只不過這個座位恰巧正是車門開的方向，我一向避之唯恐不及。這個座位迫使人或早或晚與陌生人產生身體上的接觸。今天其他乘客故意讓我坐在這裡嗎？四周站著的人竭盡所能不要看到我，都快站到我的鞋子上了。只消三站的時間，我就能巧妙地避開上上下下的乘客，要一下特技即可。這列電車的駕駛看得出來，他早知道了，我會坐在這個位置上。他告知下一站是哪裡的聲音沒有一點兒挖苦的弦外之音嗎？他才報了「安夏京站」，便猛然煞住車，但我仍能力持鎮定，擦掉額頭上悄悄流下的汗珠，熱多了，空氣很混濁。已經過了好幾站了，我注意到一位肥胖、上了年紀的女人，她就坐在這節車廂的另一個盡頭，顯然受到大批乘客的支援，一公尺接著一公尺，準備往我的方向而來。我知道這是怎麼一回事，在心裡做好了準備。現在她站在我前面，我聽得到她喘息的聲音，她提著兩個沉重的塑膠袋。我聽到駕駛譏諷的音調，他報出下一個站名時，我跳到一旁，說時遲、那時快，一個緊急煞車讓這個女人在降落我所坐的座位之前深度彎腰，她買的東西從塑膠袋裡滾了出來。四周站著的人涎著臉打算出手搭救的德性看了就討厭。我不得不認爲早就排練過了。我對面的座位上突然坐著一位約莫三十五歲的爸爸，還有他兩個正在吃草莓冰淇淋的小孩，費了好大勁兒我才躲過他們黏答答的手指頭，是那種三至五歲什麼都摸的手指頭。他們的嘴閃閃發光，融化了的冰淇淋和口水流過腮幫子，那位爸爸不斷用一張面紙在兩張小臉上來回擦著。爲什麼電車上的每一個人都笑得傻兮兮的？令人做嘔的愚蠢友善充斥在這節車廂，直至最後的一個小齒輪。我與嘔吐奮戰著。當這個男人站起身來，準備下車時，我只有一秒鐘沒留神。電車煞車，我從一上車就預料到的可怕事情發生了：

那個爸爸降落在我的大腿上，我感覺得到他汗水浸透了的屁股，聞到他腋下的汗味。他抓住我的臉，拇指沿著我的下巴刮來刮去。我一動也不動，假裝沒事。花了一世紀的時間，這個男人才站起來，站起來時他用盡全身力氣踏在我的腳趾頭上。他帶著他的小孩，下車前轉過身來對我說：

「對不起。」

這一切都是霍甫測驗的一部分嗎？

九

有沒有可能所有在我周遭的人活著，而我已經死了？

有此可能。

有沒有可能我活著，而我周遭的人都已經死了？

有此可能。

我一直試著下午時分避免到郊區，倒不是因爲那些讓我害怕的人，而是房子。那些人看起來和所有城市近郊的人沒兩樣，他們有臉、手、腳以及衣服，不會傷害誰。那些臉說，我不住在這裡，我只在這裡工作，我在旅途上，過渡到另一個比較好的生活的旅途，我其實根本不在這裡，馬上就要走了。雙手沉默，直直垂下。腳丫子只說，我在趕時間，這條路我每天走，我沒空，已經遲了，上班遲到，太晚回家。衣服只悄聲說道，我是米色，我是灰色，我是藍色。你還好吧？我很好。好嗎？

但那些房子。那不是房子，不是由玻璃、鋼筋和水泥組成的辦公大樓，摩天大樓或大教堂。我只看到洞，巨大無比的洞與建築物的輪廓，如果上帝成爲一位墓地建築師，他將把辦公室蓋得像這個群葬墓一樣。我所看到的洞的輪廓如同層層相疊、敞開的墳墓，人們早上用臉、手、腳和衣服把洞吸進來，晚上再吐出去。

辦公室結局是，我看到活生生的死人，非常緩慢、僵硬且出其不意地動著，有若那些老讓我覺得是我自己人生紀錄片的借屍還魂片。死亡從洞的各個方向和我打照面，員工只有晚上才被遣散，第二天他們被允許繼續死亡。

我在這裡，也是爲了死去嗎？

我在這裡，爲了死去。霍甫在等我。

他的人生等候著我，我活著，是因爲我將過他的人生。我活過這本書中每一該死的扉頁，我活在每一個字中。然而一旦我寫完了最後一個字，我就死了。只要我杜撰另一個人生，我便活著，並且與這本書的最後一個字一起死去。

我對陌生的人生飢渴不已，不會飽足的。

霍甫在這城市邊緣的一個新蓋的洞裡等著我，我在下弗陵下電車時，就看到遠處一座黑色的金字塔在許多辦公樓中異軍突起。安德烈亞斯·霍甫用剛開始玩股票的利潤蓋了一座與土魯斯玻璃金字塔一模一樣的大樓，要是在拉斯維加斯的話，這將是一間旅館，前廳正後方就是一個賭場，而金字塔的尖頂上有一座游泳池。這兒在古代的埃及應該是法老的墳墓，有幾個用城牆堵起來的假走道，一間祕密墓室。這兒是霍甫世界成就斐然得令人嘖嘖稱奇的企業中心，沒有人摸得透這個企業，不知道它如何富可敵國。墓室的所在現在只是一個有螢幕的空空的大廳，一間死亡旅館擺了幾張黑色皮沙發及一位亮麗非常的女接待員的前廳，她看起來像年輕時的金髮海芙。

霍甫製造女孩嗎？這金字塔不就是一座金髮洋娃娃的工廠嗎？我呆呆地望著那嘴唇，比較她與海芙的胸部孰大孰小。沒錯，我問自己，這些女孩把她們的序號藏到哪裡去了？海芙二號思考著。

「您是……？」她打量我的西裝，「嗯，您是……您應該是新來的。」

新來的？這是霍甫特殊的幽默感嗎？

「喝咖啡？要等一下喔。」

我隨海芙二號到沙發那兒，她看著我，一副要吻我的樣子。

「沒有叫你的話，別去你的國王那兒。」她很認真。「這是這棟房子裡最重要的一條規定。」我坐進沙發，四下瞧瞧。

賣、賣、賣。霍甫的座右銘刻在前廳電梯前的綠色大理石上，看起來像一塊墓碑，我反而讀成了「死、死、死」。我聽到霍甫在倫敦告訴我的句子，又聽成別的意思：「所有我們做的事情中，眞的有一個故事，這個故事就叫做：死亡。我們全都得死。」

霍甫是現代法老嗎？而我是法老的僕役？前廳的螢光幕上正在轉播Formel-1賽車賽，不同攝影機拍攝出來的畫面。我覺得這很像葬禮儀式，每次鏡頭轉到競賽場上，只看得到方向盤、街道以及煞不住的加速度所造成的震動時，我就想像自己開著一輛法拉利，直接在埃及陰府之神歐斯瑞斯（Osiris）的殿堂上被石弩射死。

前廳鑲玻璃的牆壁使我看得到辦公室內部，雖然下班了卻還滿滿的，穿藍色西裝的男人坐在電腦前，戴著耳機和麥克風，桌上放著一個手搖鈴，哪一位員工賣出了產品，就搖一下他的鈴，其他人則鼓掌。

我坐了好幾個鐘頭，凝視著賽車比賽以及玻璃後的搖鈴聲。我睡著了，夢見埃及，在全然的黑暗之中，我以木乃伊的身分在那兒醒了過來。我的眼睛被封了起來，聞到聖水及桉樹的味道，馬上就會有一位僧侶彎身向我，用一把手術刀切開我的眼睛和我的嘴巴，如此我在那邊才看得到也能說話。不久我就要藉由這黑暗殿堂的漫遊影子穿出去，擁有神的軀殼但沒有頭，被帶到歐斯瑞斯殿堂的大廳上。我將站在一層又一層的大金字塔前的中央，在最上層的台子上等著我的，是四位大法官和歐斯瑞斯。上帝的腳下有一個巨大的秤。歐斯瑞斯會把我的心臟與心靈放在一個秤上，另一個秤盤裡放著女神瑪特（Maat）（注）的一根羽毛，眞相之羽毛。只有當我的心靈比那根羽毛輕時，我才通過這場測驗，獲准於洗過一場全是藍色蓮花的澡之後上天堂。但如我的心靈比那根羽毛還要重，就會有一個怪物來吞下我的心靈。

注：埃及神話中司正義與真相之女神。

十

海芙二號把我叫醒。「國王呼叫。」她幫我打開電梯門，我恍恍惚惚上了樓。一個法老的辦公室是什麼樣子？一個半神半人需要一張書桌、一具電話、一個秘書嗎？我晉見他時需要五體投地三次嗎？他會不會坐在一張黃金打造的王位上？

霍甫沒有坐著，他在玻璃書桌後的一張躺椅上伸直了身子，耍弄著四個撞球彈子，沒看我。

「您知道玩雜耍時腦子會生長？」

我不知道，我只想走開，但我的視線無法離開那些彈子，霍甫扔向空中的速度愈來愈快了。

「您想，我要您來做什麼？」

「您想談談那本書。」

「錯了。」

這種下令時充滿自信的顧客特別敏感，他們說什麼都要一本書，閱讀自己，不計代價，但他們開始時會表現出一種姿態，彷彿這是一種恩惠，好像人們先得說服他們來出一本書。我突然感到無聊，有如一個站在陰莖勃起的男人面前的妓女，但他說他只想聊天，說他終於可以和人好好聊聊。我打開錄音機，在心裡捲下我那些標準固定節目，霍甫眞的只要一起蓋蓋棉被就好了嗎？

「我們可以先彼此認識一下，」我說，「我寫個幾頁，然後我們再看看。」

霍甫停止雜耍，看著我。

「別跟我說『認識』，我若要蓋一棟房子，就要有牆。我要直的，能負重的。只先架個橫樑我就覺得是一場冒險。您寫那本書或者不寫，句點，結束。您想，斷頭台快要扳動之際，劊子手在想什麼？哎，今天我只是試試這斷頭台？在他面前腹部朝下綁在一張桌子上的那個人，就這麼簡單地透過後刀架伸出他的頭，以便認識？」

我一直覺得劊子手是很幸運的人，他做他必須做的事情。某些時候他可以與禪學大師相提比論，那種能以最高清晰度來談自己，只吸氣進去，呼氣出來的大師。

當那把斧頭從兩公尺的高度落下時，劊子手眞令人羨慕。沒有任何事可以阻擋死亡，連上帝也辦不到。一眨眼的工夫，介於柵欄扳動與頭顱分離之間的時間，在斷頭台上的那個人自己也變成了斷頭台，他與那個特殊的腦袋機器合而爲一。

霍甫坐起來，對我視若無睹。他和我說話，好像同時還有幾百個人在盯著我們瞧，彷彿他必須在一間大廳裡，說服狐疑的股東相信紅利減少了。

「斷頭台對我來說是一種音樂，我做任何事情時會聽的背景音樂。我無法試著活著，我不能試著愛，我也不會試著死。您知道，斷頭台是一個製造大鍵琴的德國人發明的嗎？其實是一種樂器，一首刀口上的短歌，然後噗通。這就是音樂，您應該到處都聽得到：唱，噗通！」

霍甫的手掌緣敲在桌子上。

「噗通！所以我不喜歡大概的東西。成功只有在您很率直時才會到來，而且只有率直，您才會每天收拾。收拾，您明白，且不僅這張書桌而已，晚上不准有任何東西放在上面，不，您的人生您得自箇兒收拾。腦筋要轉。那些您無法收拾，或者無法運作的東西，您應該統統丟掉。如果您不收拾，假使您變得邋遢，擱置了哪一件事情，失敗的病毒就會潛進您的人生。」

接下來我聽到海芙在她差一點把我的舌頭從頭上吻下來之前，就已經對我耳語過的話。

「我們應該每天像用牙刷那樣清潔我們的心靈。」

我不「率直」，我的人生不「率直」。我沒有每天晚上站在鏡子前面，用一把牙刷清潔我的心靈。我甚至不知道我的心靈在哪裡，但有時候我又相信我探尋得到別人的心靈。因此，我坐在幾百個陌生人坐過的馬桶上。後來我研究死亡崇拜的書，但從不曾邂逅我自己的心靈。

「有兩種不同類型的經理，一類是狐狸，另一類是兔子。您想我是哪一類？」

「您是那隻狐狸。」

「錯，我是那隻兔子。兔子一直都跑得比狐狸快，因爲牠爲了生存而跑，而狐狸只是爲了快快找到獵物才跑。一旦吃飽了，就躺下來睡覺，兔子卻相反，總是保持清醒，因爲牠怕被吃掉，因爲牠怕挨餓。不怕的人，也就不會有成就。」

現在霍甫盯著我瞧，臉上紋風不動地繼續說，說時睫毛眨都沒眨過一次，整個眼部根本動都不動一下。他的眼光落在我身上，卻又從我身體穿出去。我曾經在印度看過這樣的眼睛，奧修大師（Baghwan）對人說話時眼睛從來不動，彷彿眼皮黏起來了。他死後這麼多年，今天在普那（Poona）仍然把這位大師的談話做成錄影帶，投影在牆上。我坐在比他本人還要高大的奧修（Osho）雕像前好幾個鐘頭，而他彷彿從冥界對我說話。

「我希望您爲我做一件事，您去隔壁的房間，爲我把您的人生寫下來。您在一個鐘頭之內寫您的傳記。您的人生如何？告訴我您是誰。爲什麼要爲我工作？您的傳記要以這句話作結束：我能夠敘述有關我最重要的那件事情是……」

霍甫又躺了下去，開始要玩他的球。他把秘書召來，由她帶我去一間小辦公室。

我能夠敘述有關我最重要的那件事，就是沒什麼好說的。我幾天前才和一位電影製片說過，這人正在找故事，稱之爲「素材」，他想勸我寫一個劇本。

「寫點新鮮的，」製片說，「把您非說不可的事寫下來，那就是最好的素材。」

這個好人，他活在哪一個世界呀？有誰想知道這世界是怎麼一回事嗎？恐怖。美麗。冷漠。一種語言的形容詞夠嗎？

「我屬於那個沒有什麼非說不可的世代，」我說，「我們只需要功能罷了，我為了錢而寫，要簽約的，比較誠實。」

「但是您應該有什麼非說不可的吧？」

這位製片憂傷地望著我，而我像一個把一百歐元鈔票還給那位高貴的施予者的乞丐，還說出以下的話：

「謝謝，但我不喜歡您的長相。」

我把手錶放在一旁，觀察秒的刻度。最讓我著迷的是什麼時候呢？我能否記下我對時間的意識？我能夠敘述有關我最重要的那件事？我作白日夢，我活在奇特的昏昏欲睡之中。世界消失了片刻，我沉在時間裡。當前的輪廓慢慢回來，但那之上、之下、之旁都像陌生的所在和人，彷彿是一部電影中交替的畫面，指出我的人生便是白日夢。在這裡，霍甫辦公室裡的書桌上，我又有這種感覺，跌進一個無盡深遠的時間裡。在沙漠行走的人經歷到海市蜃樓，一個天空的幻影讓他們以為那是水。代筆作家在工作期間感到似曾相識，他們看著面前那本已完成的書，在沉思中翻閱，每一頁都像舊識。

霍甫的秘書在敲門。

「還好吧？還有半個鐘頭。」她說。

我一行都還沒寫，仍然觀察著我的手錶。這是一只八〇年代初的卡西歐，羅伊．謝德（Roy Scheider）在《藍色霹靂號》（*Das fliegende Auge*）裡戴的那款。有一個按鈕可以用來倒數計時，然後錶面上出現一個大大的螺旋槳，我瞪著倒數計時的按鈕，時間一秒一秒隨著螺旋槳消失了。每一秒之前它都要猶豫一下，好像這個數字錶在此該死的百分之一秒的當下，搞不清楚它還活著或者已經死了似的。

我小時候常常這樣耗上好幾個鐘頭，等待手錶停下來。一回一個叔叔送了我一座很稀奇的藍色的鐘，據說來自一艘俄國的潛艦，一個像甲板上作戰室的鐘，或像儀表盤那麼大，又重又圓的東西。上一次發條，就可以走上十四天，一秒也不少。我的叔叔告訴我，潛艦走一次剛好就要花這麼多時間。

「一個簡單的系統，鐘若停了，表示將浮出水面。」小時候我玩潛艦，把鐘上緊發條，一天又一天控制鐘盤，就像甲板上的水手，在他之上、他旁邊以及他之下的幾公里的水深處，待在潛艦裡滑行過海洋，時間的一個奴隸。當秒針停下來時，我像他一樣等待解脫。

「您的人生如何？告訴我您是誰？」這其實是我向顧客提出的問題，通常我會打開我的錄音機，而且很高興自己不必回答這些問題。我是他者人生的專家，從中塑造出一個角色，讓那個人玩得開心。也許我因此喜愛機器，機器很誠實，機器既不扮演別人，也不扮演自己。我希望自己是一個機器，然後以機器的身分觀察別的機器的機械性。

我想有一天來寫人的機械性，關於人的某些時刻，那些直覺的下意識動作，打斷那些裝模作樣如此這般——彷彿化爲生硬場景的時刻，橫行著撕裂的眼睛充滿血絲，貪求挨餓的臉龐，高潮時愛聽尖叫，所有不經大腦直接爆發的表情與姿態。

我對日常生活中動作和說話純粹機械學的另一面感興趣，我想像自己是一個只會說三十字的機器。我這樣試了一星期，它運轉正常。第一天我說：「早安，對不起，日安，馬上來。是。是。吃飯了。一杯可樂。披薩，很好。請拿帳單來。不要找了。幾點了？謝謝。原來如此。不。不。再見。明天見。」每天我都學著少說幾個字，第七天我只說「是。不。是。」

一個鐘頭過去了，而我尚未寫下有關我人生的任何一個字。我思索著，自從我學會講話以後，哪一個字是我這輩子每天都用得上的。也許我應該把這個字在一張紙上寫好多次，每個字都漂亮。寫一份由字組成的履歷，爲每一個我活過的年寫上一個「是」。是，是，是。或者「不」。不。

但我想不起一個我心愛的字，那個我確定這輩子每天都說過的字。最後我爲四十年的生命找到了下面六個字：「媽媽，餓，操，上帝，可惡，錢」。

我拿了一張紙，寫下：「我是代筆作家，除此之外您不需要知道我的事情。」

霍甫已經走了，就在我們談過話後。女秘書以一副了解的樣子看著我，他和我玩了一場遊戲。

「您寫的東西他不會看的，員工寫的東西他都不想看。」

她給我一個信封，裡面有一把汽車鑰匙，還有一張貼了我的照片的公司證件，霍甫把我列爲他的私人助理。

「歡迎登上賓士頂級轎車，您的車停在停車場。」

〔第二部〕

八層地獄中最恐怖的一層叫做「永恆地獄」。這表示「永恆痛苦」。這也是地獄之名的由來。

涅盤經（Nirwana Sutra）第十九章

一

我頭痛，躺在我的新車裡，一輛配紅座椅的黑色賓士。我喜歡躺在車子裡，勝於開車。最理想的地方是地下停車場，我在機場購物中心、飯店以及車庫的地下停車場度過不少時光。我爲我的老捷豹在住處附近停車場地下二樓租了一個停車位。那停車場的洗手間旁甚至爲長期租戶設了一間浴室。我的老捷豹經常幾個月動都不動，但我每天都走進地下停車場，坐在後座或者躺在駕駛座旁的位置，我喜歡舊皮沙發的腐敗味，我聞汽油味，還有在我之前坐過這輛車的人留下的氣息；這些氣味之中也有茉莉的味道。

現在這輛新的賓士就在捷豹的位置，尚未吸收別人的氣味，我不想下車，這兒美妙的寧靜在我身上發揮了作用，尤其是在停車場內來來往往、開車與停車、開門和關門，馬達發動與靜止再三打斷，之後又恢復了的那種寧靜。漫長的等待中，這裡有什麼在等著我。

我的頭痛欲裂，彷彿有人想用一顆尖石在我頭上鑿出一個洞似的。中世紀時有一種說法，瘋子的腦袋裡有一顆石頭，「癲癇症凶惡的石頭」。遊走四方的神醫、江湖郎中，自稱裂痕及寶石雕刻匠，充其量都是狡猾的騙徒，只要富人們付錢，就爲他們動手術取出腦子裡的石頭，好讓他們不再發瘋。

有時候我夢見在馬德里看過的波許（Hieronymus Bosch）一幅超現實繪畫，一四八五年畫的《切石者》（Der Steinschneider）。我是那個病人，有一個把漏斗當成帽子戴的庸醫正在我腦袋裡鑽一個洞，他從我的腦子裡扯出一朵花來，而非一顆石頭，而一位有張凶神惡煞的臉的僧侶以及一名奇怪的修女，她頭頂著一本書力持平衡，在一旁注視著。

據說波許自己也在腦子裡鑽洞，因爲他相信透過這種方法可以彈射出創作時的飄飄然，非必要時他不會用皮布覆蓋住那些洞。有些人以爲「開竅」一字直接追溯於波許。

我不需要「開竅」，我是代筆作家。

如果人走極端，他的腦袋會改變，甚至精神也會跟著起變化，這樣的改變並非每次都像網球肘、電腦指，摔角運動員或拳擊手因爲撞擊而變形、腫脹得像花菜的耳朵那麼容易解釋。有沒有可能這不是病，只是畸形？也許是一種人類祕密保護自我的跡象。

爲什麼加州衝浪人的耳朵會增生？那些幾乎每天都在衝浪板上度過幾小時的衝浪者，骨頭開始不可抑制地增生，直到耳朵滴水不漏爲止，除非挖開耳道別無他法。「衝浪耳」比較是一種文明病，或許是因爲衝浪並不僅是一種運動而已。從來沒有人想過把高爾夫肘和某一個神話解釋放在一起，而衝浪不一樣。騎在波浪上，幾千年前，南海上的居民就爲了在怒海一塊板子上保持平衡而著迷，在夏威夷衝浪是國王的特權，那是一種冥思的形式，與天地宇宙或者波浪合而爲一。

衝浪的精神：今天在世界各地仍然有狂熱的衝浪者保有這份渴望，那種騎在最大、最美以及最危險的海浪之上的感覺——然後死去，等待最後的海浪。「輕踏泉源。」加州的衝浪人說。大概是「打開來源」的意思。這個渴望的背後也許寄託再度前往生命來處的希望：回到海裡。衝浪人的耳朵增生，只是一種堅持，或許加州的小孩在出生時，手指與腳趾之間就已經長了蹼膜，有類似魚的頭以及萎縮的耳朵。誰要是仔細瞧瞧，會看出外耳後有粉紅色的鰓，比珊瑚還漂亮。

最近有一位精神病理學家，把達賴喇嘛教派八位資深僧侶腦子放進一個磁波偵測器，想知道那些冥思了一萬多小時的腦子裡會有什麼，這些僧侶腦中電流的測定值讓研究人員嚇了一跳，他從來沒看過人的意識如此清晰過，是最集中也最清醒的珈瑪波，他表示，測量這些僧侶腦中的頻率，「那超越一切可測量的境界。」

我眞想知道，如果他們把我的腦放進磁管去測量的話，會發生什麼？頻率測量器會不會也繪出我的混濁來？

我仍然是，那個我心裡想的人，或者是另一個人的想？部分的我辨到了，把所有的回憶和感覺都壓抑下來，我其實根本不在。有些時候，我非常懼怕自己，我的意識只消像某一位徹夜開車的駕駛，眼光設定往前看，只看到面前的車前燈在照耀，跟在後頭的則是黑暗，以及所有剛剛看過的東西。過去急速潛入漆黑，在碎片中逐漸熄滅，如同被遺忘的一顆慧星的光亮尾巴。

有一回我打算爲一個傳奇的德國百米賽跑選手寫自傳，這個男人一九六〇年在蘇黎世成爲第　個花十秒鐘跑出這個距離的人。實際上他甚至跑了兩次，因爲第一次起跑時，裁判不信任計時器上所顯示的數字，那是不可思議的九點八秒，所以認定那是失誤的起跑。阿民·哈利（Armin Harry）想必是唯一一個突破那神奇的十秒壁壘的證人，比卡爾·劉易士（Carl Lewis）或莫里斯·葛林（Maurice Greene）更早勇於跨進這個成績。今天這位超越重力規律，賽跑時好似從地面飛躍而起，激動無數人心的德國短跑選手，幾乎被人遺忘了。

我爲了採訪他，和他在蘭茨胡特（Landshut）一家老咖啡館裡見面，我對於一個人以一己之力能跑多快的這個問題感興趣，與他聊起他曾碰觸過的奇特時間界限。一九一二年，美國人多納・李頻考特（Donald Lippincott）以十點六秒打破了百米賽跑的世界紀錄，當代跑出九點八秒成績的短跑選手只稍微快了一點兒而已，九十年以來，紀錄都在十分之一秒的範圍內。即使有人給選手服禁藥，並給他最好的運動鞋：根據數學計算和生物力學的研究，人類身體的限度介於九點四八秒以及九點六〇秒之間，沒有人能跑得更快。超過這個時間界限，身體會破裂，肌腱將自骨骼上撕裂下來；除非人們裝上人工關節，靠半合成的肌腱或基因改造過的肌肉。

這位迷人的老男人，坐在我對面，喝著熱可可，禮貌地聆聽我說的理論，然後他搖搖頭，「您希望寫一本有關十秒鐘的書？一本書是不夠的，」他說。「您爲什麼不寫個十本呢？聽起來這像個瘋狂的點子，您認爲呢？

但沒有人嘗試過！」

我一直都沒有寫出那本書來，但自從遇見阿民·哈利後，我問自己，是否我自己的人生中也有一個類似壁壘的東西？我一直朝向它跑，彷彿那兒有一堵看不見的牆壁，而我穿不過它。

二

在動筆之前，我都像急診醫師那樣度過，在一個難窺全貌的十字路口保持安全距離，等待著一宗意外事故，我知道我或早或晚都會派上用場。我的顧客既愛挑剔又麻煩，他們一定要一本關於他們人生的書，但是他們永遠沒有時間談自己。「明天，對，明天很好。哦，不，星期三比較好，或者您等一等，周末好了。後天您打電話給我的秘書，和她訂個時間。」如此一星期之久。以前我犯過錯誤，隨著他們去旅行，那些選舉活動的政客，拍片工作的主持人，爲國家接管戰役的企業老闆，巡迴演唱的歌手。我坐在私人飛機、直升機、公務車、計程車以及高速火車裡。白天我在接待室、研究室、大廳、啤酒棚、電視攝影棚、機場以及旅館酒吧裡度過，每次都是旅館的酒吧。在我的記憶中，這些時日都融化成一個場景，好像這些天、星期、月，在幾分鐘的追逐訪談之後，總是在同一間旅館酒吧裡結束。近午夜時分，快快喝完一杯啤酒之後就是五杯淡啤酒（Pils）了，一位喝醉酒的鋼琴家沒完沒了彈著〈奪標〉（My Way）、〈As time goes by〉以及德國國歌的混成曲。如今到了「現在只剩下我倆」的對談時刻，通常依照樣板會進行一場尷尬的對話。「哎，我恨不得統統拋開，到修道院去，」那位經理說。猜想他也眞的有一秒鐘相信自己所說的。他停了一下，我心領神會地點點頭，點了第二杯威士忌。那位經理親熱地用手臂環住我，「但那些修女大概會把我逼瘋，所有這些修女不曾被吻過的乳房和令人癲狂的屁股。」或者反過來說，現在，吧檯上經理的位子坐著一位修士，「關於人生的什麼呀？」他問，我毫無概念。「我們都希望幸福，」他說，突然之間看起來十分不幸福。我爲自己再點了威士忌，他也親熱地用手臂環住我，同時他呆呆地注視一位空服員的大屁股，她，隔了幾張凳子，獨自面對一杯雞尾酒坐著。「那些年，在我上修士研究課之前，有些日子裡我相信人生只關乎一件事，欣賞這世界上最美麗的屁股，然後與它性交。」

碰到這種時刻我便按停止鍵，然後也在心裡把錄音帶捲回去，我對這個人的認知重新回到零。我那時還沒有經驗，時時與壓力爲伍，交稿的日期到了，那本書永無寫成之時。有一回，我有半年之久伴隨一位名人橫跨德國，錄音帶上沒有任何可用的資料，因此向出版社建議，不出自傳了，不如出一本關於各省旅館酒吧的社會學書籍好了。我將在序言裡提出看法，基本上全德國只有一種旅館酒吧的型式，到處都在模仿這個基型，略作變化而已。我的理論是，旅館酒吧在一方破碎不堪的土地上，建造出同樣的島嶼，表現一小塊家鄉的味道。看起來，旅館酒吧挑釁又醜陋的一致性也許是建築師唯一統一成功的例子，甚至在我不熟悉的德東也有足堪信賴的旅館酒吧，或許將城市名用奇異的方言發音，但聽在當地人耳朵裡，是比眞實的城市名稱來得傻氣的鄉音。

在那之後我就不再去旅館酒吧，並且避免與顧客一起旅行。我學會了等待，在這當中，我讓自己保持活力，吃營養的東西，睡眠充足。我喜歡躺在沙發上凝望天花板，那是一片光滑、粉刷得很好的天花板。如果一整天都沒有一通電話進來，我再也不會覺得怎麼樣。我等待。我有我的天花板，我美麗的白色、粉刷得很好的天花板。當我還和茉莉生活在一起時，她有時候會到沙發這來，俯身向我，和我說話。「你在幹嘛？」她問。我跳過她望向天花板，思索著。此刻我明白禪學大師所指爲何，如果他們說：「當我喝茶時，我喝茶。」他們看見了恐懼、虛無、空洞。在上帝、佛陀或者有任何一位監督者的地方，一面白牆之外別無他物。我欣賞這份鎮定，與大師們一起喝茶，他們不會把茶潑灑出來，手幾乎不會發抖。「我瞪著天花板。」我說，但茉莉早就走出房間了。

最近我在這面光滑、粉刷過的牆壁上發現了隱藏的圖案，可能與楔形文字有關，那是在等待霍甫的第三個星期，根據我估計，應該不會太久了。虛榮心愈強，我等的時間也必須更久，但每個人總有成熟的時候。

一次有一個人一年都沒有消息，那又怎樣，我早就在我光滑、潔白的牆上看到了永恆。如果電話響了起來，一切又簡單得不得了，我可以愛怎麼要求就怎麼要求，我說：「我們一起做些什麼您覺得有趣的事。」我要發現此人私底下的一面，我一直都懷有幻想，這些人背後都站著另外一個人：一個人，這人值得寫一本書；一個人，人們將樂意交他這個朋友。但我總是只認識業餘之人，經理是馬拉松跑手，女演員是瑜伽愛好者，僧侶是登山家，歌手騎越野單車以及足球選手打高爾夫球。目前我的困難指數爲二十二，但每寫一本書我就變得更好，即使一則古老的高爾夫格言堅稱，對於那個進步的人，更上層樓將變得愈來愈難。我的目標是困難指數十五；再寫三本書，我就到十五了。貝爾蒙多（Jean-Paul Belmondo）（注1）的困難指數就是十五，而碧根鮑華（Franz Beckenbauer）（注2）是八。若我活得像他那麼久的話，就辦一間運動學校。

我不知道爲什麼那些蒼白、虛弱作家寫的陳腔濫調可以維持這麼久，甚至影響了無數的人。我的血液循環良好，身體保持可以戰鬥的狀態，我做每一種運動，我甚至也學會駕駛帆船。

一位綜藝節目藝人就非要和我駕帆船不可，那搞了一年，每個周末我們都在史坦伯格湖（Starnberger See）繞兩圈，路線都一樣，沿著湖岸。這位諷刺短劇藝人不再想耍寶，他不明白爲什麼大家都笑他。他眞的很嚴肅地看這件事情，希望在他的書裡澄清這樁誤會。我們只有在揚起帆的時候才會談到這個，一旦離岸啓航他就沉默不語，一開始我以爲那是一種競賽，而他只不過想測試一下，我倆誰先打破沉默。所以我閉緊嘴巴，他不發一語，我也用不說話打回去。只有船、水和山，我們之上是似有若無的天空，史坦伯格湖的天空其實不是藍色，是我們的心靈，把天空反映成一種好看的澄藍。我們從東岸，從安巴赫（Ambach）出發往山的方向，經過一八八六年六月十三日發現路德維希（Ludwig）國王以及精神科醫師古登（Gudden）屍體之處，一個十字架凸出水面，距離岸邊不遠的地方，這兒的天空特別藍，路德維希國王的藍。我倆沉默地划過十字架，彷彿路德維希二世也陪著我們一起沉默。

這本書一直都沒成什麼氣候，那位藝人被人發現在他湖邊的阿梅蘭

（Ammerland）別墅中離奇死亡，他吞下了他的舌頭。

注

1 法國演員。

2 德國足球選手、教練，號稱「足球皇帝」。

三

距交稿還剩四星期時，霍甫打電話來。「我們開車，」他說，「我真正喜歡的，是高速公路，」霍甫只想在開車時接受採訪，讓步的路線：A9慕尼黑—紐倫堡，紐倫堡—慕尼黑。他提議來一個暴力行動，「三星期，」他說，「您每晚十一點來接我，三星期後那本書就完成了，好嗎？」

「好。」我友善地說。

這是那白色—牆壁—友善的我，一個什麼都穿不透的人的友善。在這種情況下，我也可能和他一起去打拳，我可以把他的臉打得像稀飯，同時微笑著。

午夜前一小時，我把新的賓士停在他的辦公大樓前，這時候只有這座金字塔的頂尖，以及這棟建築物內部的玻璃電梯間還亮著燈。我依照約定摁喇叭，一個男人來到窗前，迅速往樓下看我。那一定是霍甫，因爲才一會兒金字塔頂尖的燈就暗了，電梯在動，上升時看起來像是電梯間一層一層把燈光嚥下去，直到這座金字塔只剩下一個黑暗、凶惡的底座。霍甫突然出現在汽車前，從右後方上車。他每次都從右後方上車，每晚皆同。

我開動，霍甫閉上眼睛然後說，「把錄音帶放進去吧。」從後視鏡我看到他講話時睫毛下閃動的眼睛，好像在作夢。我轉入A9，紐倫堡的方向，一條漂亮、三線道的高速公路，我可以把它推薦給每一個必須寫出一本書的人。休息站的密度超過聯邦平均值的三十五公里，在這慕尼黑到紐倫堡機場長達一百七十八公里的路上，我已經數了九個休息站，以統計學看來，每十九點七公里便設了一個休息站。三星期內，霍甫與我將在這慕尼黑—紐倫堡以及紐倫堡—慕尼黑的路上，整整開個七千五百公里。那本書應該要有四百頁，那就是七千五百公里換四百頁，每一頁要開十八點七五公里，根據我的估計，這大約符合從一個休息站到下一個休息站的距離。西福爾侯參（Furholzen West）已在我們後面，荷樂道（In der Holledau）也一樣，已經有兩頁了，但霍甫還沒談到他的童年，還沒出生呢，他在聊他的父母。我的時速是一八〇，對他的生命而言太快了，要不就是他說得太慢。我放慢速度，換到爬行的線道，霍甫一下子說得比較快，一旦我再度加速，他就變慢了。我太不耐煩，逐漸我才明瞭寫、說以及開車之間的關係。霍甫敘述的速度在時速八十那兒上軌道，我們以一小時八十公里的速度穿越他的人生，八十是一個很好的速度，時速八十，一方面是這時間足以看到一個人視爲人生的東西——別人陰莖的長度，自己陰莖的長度，狗窩的大小，帳戶的情形，不動產，長途旅行；另一方面，在事情即將發臭之前，又快得足以離開。

當他父親終於從法國戰俘營回來時，我們快到柯星爾林（Koschinger Forst）休息站了。他在那裡學會了烘焙，憑著知道烤出完美法國長條麵包的秘訣，他開始了一個戰後的事業。到格雷丁（Greding）休息站時，他父親的烘焙帝國已經擴展到全德國了。三頁。

霍甫在佛以希特（Feucht）來到德國的企業界。四頁。他喚醒了企業的精神以及創業熱情，他的書應該爲年輕人打氣，靠一個點子白手起家，盡力掃除所有的疑慮與矛盾。我看了一下里程計。五頁。

這個國家需要一種新氣象，他舉一個例子。「在加州如果一個鄰居蓋了一座更大的游泳池，在大門入口停了一輛新車，不會讓別人妒嫉得抽筋，恰恰相反，讚美。你做到了！也許我可以從你的成就裡學到什麼哩。」

德國是一個生病的國家。我們面前是弗蘭肯—瑞士（Frankische Schweiz）休息站，在五彩的霓虹燈下，看起來有若一艘擱淺的太空飛船，人們把它搞成紅燈戶。一次銀河系性交的價錢寫在一張很大的表格上，最貴的一．八〇表示超好，普通的要價一．六二，他們管最便宜的號碼叫柴油。霍甫仍在嫉妒。六頁。七頁，我開過紐倫堡，轉往下一個出口。

「這個觀念需要修正的地方是：我們必須放輕鬆，嫉妒讓人生病。爲什麼年輕的企業家應該爲他所賺來的錢感到羞恥？他爲什麼不能說：『有錢很性感！』——把它看成一種激勵？」

從紐倫堡到慕尼黑的路上，霍甫告訴我他童年的重要經歷，一百七十公里對一段童年來說夠長了。紐倫堡─佛以希特，他在學校裡被嘲笑，他留級。格雷丁休息站，一位課後輔導老師用特殊的教育方法鼓勵這個十六歲的失敗者：開車與性交。只在汽車裡上課，他們從星期五開到星期一，早就橫跨了歐洲。每個周末的目標都是另一座城市：羅馬、巴黎、倫敦、斯德哥爾摩、布拉格、布達佩斯。老師帶年輕的霍甫上最好的妓院做為獎賞。

柯星爾林，暫時離題談一談斯德哥爾摩的妓女，接下來是二十五公里長關於一個名叫安妮卡的女孩陰道的解剖學描述。

荷樂道休息站，分數奇蹟似變好。福爾侯參休息站，距慕尼黑只有二十公里。霍甫需錢孔急，以便付給歐洲每一座城市裡都在等著他的安妮卡。他現在十八歲，有了第一個商業點子，他發行第一份學校報紙，坐收廣告收入。他舉辦校外遠足，去他最喜愛的妓女所在的城市，總是去斯德哥爾摩，總是叫安妮卡。對她的癮頭促使他創造企業上最大的成就，然後是突破，他爲自己找來一輛破車，修好之後開到學校，賣掉賺一筆錢，現在他的錢夠了。

當霍甫站在校長辦公桌前，我們在高速公路的盡頭北施瓦賓（Nordschwabing），他不想繼續念高中，他希望成爲銷售員，汽車銷售員。「我要退學。」他對校長說。

四

第二天我去參加了一堂激勵課程，「都是新鮮的肉。」霍甫說。當我們走進演講課的教室時，十二個非常年輕、皮膚曬成棕色的商品臉望著我倆。我聞出有七種不同的爽身劑，可以清楚地整理出五種刮鬍水品牌；還可以分辨出兩個坐在第一排甜美非常的女孩擦的香水，那是我不知道的，雖然如此，它聞起來有害怕的味道。

霍甫介紹九位學員讓我認識，打趣地說他們是模範生，「昨天還是個失敗者，但現在您看看他，筆挺的西裝，新鞋。」霍甫拍拍我的肩膀，我添上一抹介於連續殺人犯和女婿之間的微笑。「這個年輕人看起來會有成就。」霍甫向前走幾步，朝第一排的一個女孩走去，「瑪努愛拉，你認爲什麼是成就？」「或許，嗯，金錢吧？」她含糊地說。霍甫緊緊挨過去，

「或許？」他大聲重複了一次，厭惡地拉長了音，「或——許，或——許。安斯騰，你呢？」他晃到她的鄰座那兒，「錢，」那個人，「還有權力。」「錯了，都錯了。」霍甫走過一張張椅子，一個一個問，沒有一個答案能說服他。

我不知道成就是什麼，但霍甫上課的方法讓我想起六〇年代末一個巴伐利亞荒涼的村子裡的宗教課。那位老師同時是當地的天主教神父，用同樣的姿勢走過我同班同學的桌椅，要他們發言。「你們希望上帝做什麼？」他問，看著沉默、害怕的童顏。我們還不知道上帝要我們做什麼呢，「愛？」有人勇敢地說，嘗到一個耳光。

我對上帝了無期待，我是班上唯一的基督徒，在天主教重鎮的巴伐利亞，其實可以免上以天主教教義爲本的宗教課，我只是出於好奇才來上課。好奇心主要與這堂課的光怪陸離有關：懺悔，每個學生都得公開承認他的罪行。

神父捏起我朋友約翰的耳朵，「你想要坦白交代什麼，我的孩子？」

「我有不潔的思想。」

「很有趣，他有不潔的思想。」那位老師重複他的話。

我爲約翰感到驕傲，他正確無誤地發出那個很難的「不潔」的音，像我和他練習過的那般正確。

我收費爲同學瞎掰罪行，爲神聖的靈魂撰稿，這是我第一份差事。八歲的人犯罪的能力有限，但若有人堅持他沒罪的話，神父又不相信，所以我的生意好得很。就憑「不潔的思想」，我向約翰索取兩分尼，等於一根汽水棒的價錢。現在到了痛苦的篇章，神父想知道細節，像轉動螺絲釘那樣扭約翰的耳朵，「我偷看姊姊洗澡。」

神父鬆開耳朵，以手指在額頭上畫了一個十字，「天父原諒你，你得祈禱。」

他找喬治當下一名候選人，羞辱地抓了他的鼻子一下，當地人稱之爲鼻鉤的地方。現在，喬治的鼻子在老師表示拒絕的食指及中指之間，「你呢，喬治？」

喬治嘗試著說話，但只聽見唉唉哼哼。「殺死，」他帶著鼻音說，「我殺死，」我知道他想說什麼，這句話我索價五分尼。「我弄死了金魚。」他說。萬一神父問起細節，我還爲喬治編下這樁罪行複雜的情節，他應該說他把那條金魚放進一個水桶，把它帶到森林裡，丟進一個螞蟻窩，觀看金魚如何在他眼前跳躍、抽搐，然後全身發黑，被一大群螞蟻活活吃下去。我就是這樣對待我弟弟的一條金魚。

我還幹了別的勾當，但是神父從來沒問過我的罪行。我的父母送給我弟弟一條新的金魚和一具可以上發條的機器人，一具紅色的鐵皮機器人，是我希望得到的生日禮物，有漂亮的鉗子手以及金屬製的胸膛，胸膛上印著「機器人」。因爲金魚死了，我被罰暑假不准和朋友去野營地，必須陪令人神經緊張的三歲半弟弟玩。一有機會他就告我狀，爲了報復，我想讓他害怕，勸他試試膽子。

中午過後我們走進森林，弟弟怕老樹的根，他以爲那是睡著的蛇。他抓著他的機器人不放，我們在一塊空地停了下來，「機器人會保護你，」我說，向他解釋遊戲規則。我倆要找一個地方躲起來，然後等待，「不管怎樣你都不可以跑出來，不管發生了什麼事，」我說，「誰從躲起來的地方跑出來，誰就輸了。」弟弟點點頭，「出來，輸了。」他說，轉過身去，一溜煙就消失在密林中。我又站了一會兒，聽樹枝發出喀啦喀拉的聲音。弟弟開始唱歌，「有一個比——巴——小精靈……」這是我最後聽到他的聲音；歌聲忽然中斷，好像有誰把他吞了下去似的。我輕手輕腳走到我的祕密地方，一棵大樹樹根下的洞穴裡，就在小溪附近。我用樹枝把洞口掩蓋起來，我常和幾樣埋在地下的寶貝坐在這兒，價值不菲的寶石、貝殼以及一個沒有腿的芭比娃娃。我爬進洞穴，等待著，我很確信弟弟不久就會放棄，怕得叫我，我先讓他一個人亂跑一通，然後慢慢靠近，嚇他一大跳。但是什麼也沒發生，在我從藏身之處出來之前，我等了一個鐘頭。我回到空地那兒，叫弟弟的名字，沒有回應，「你現在可以出來啦，」我再呼喊，「你贏了。」但我弟弟沒有出來，他從此失蹤了。

只有機器人再度出現，躺在小溪裡，離我洞穴不遠的地方，直至今日我都保存著。

父母親告訴我，弟弟失蹤不是我的錯，那只是一場遊戲。但他們送我去上由修女管理的寄宿學校。我怕那位嚴格的院長，她第一天就強迫我穿一條內褲去洗澡，我一再拔掉浴缸的插塞，嘗試著要逃離浴室。院長和兩位修女把我帶回浴缸，注水，然後拔掉插塞。「看到那些眼睛沒有？」排水洞口裡眞的看得到眼睛，可怕的眼睛，就在流掉的水的漩渦中。「那就是抓小男孩的鬼。」院長說，從那個時候起，我再也不敢拔掉任何插塞。

幾天後，我成功地逃離修道院，我藏身於森林裡我的洞穴中，想在那裡等弟弟。

我知道弟弟一直都還在等著我。

當父母親找到我，用蠻力拖我走時，我第一次心悸，一時之間失去了意識，要過了好幾個鐘頭心臟才恢復平靜。

今天我可以控制這心臟的周期性不安，後來一位日本禪學大師教我透過呼吸讓心臟靜止幾秒鐘，之後再讓它有節奏地跳動。「這是躍向無限的練習。」他說。

霍甫讓激勵課程的學員全都站著，「你們想要什麼？」他問。

「賣東西。」十二個商品以聲音回答。他的手放在右邊的耳朵上，「我聽不懂你們說什麼。」

「賣東西！」他們大聲重複，「賣東西！」

「之前我問過你們什麼是成就，我想，成就比辛勤且有目標的工作加在一起的總和還要多一點。有成就是一種直覺，對我來說就像舔血，嘗過的人會希望更多。」

霍甫轉頭向我，點點頭。他想要暗示我什麼嗎？我突然有一種幻覺，霍甫把我帶到這來，一如我當初把金魚帶給螞蟻。我是那條金魚，馬上就要躺在螞蟻窩裡了。呼吸急促，我已經感覺到螞蟻從我的腿往上爬。霍甫不為所動繼續說話，「我聞不到成就的味道，」他說，「這種味道具有感染性，就像性生活，您有的愈多，就更想要。」

五

我記不清在Ａ９公路上的日子，到了晚上，記憶與眞實在高速公路上化入混沌，是的，一條高速公路。有一次我在高速公路上巧遇原住民，那是夜半的熱帶海南島，在一條沒有汽車的高速公路上，一條穿過稻田和雨林的高速公路上，一條給行人走的高速公路上。一個輪胎爆了，我和一位口譯員等了好幾個鐘頭，求助無門，等一輛在這個沒有月亮的夜晚駛過的車子。黑暗中突然出現了行人，他們帶著墊子和椅子、袋子與鳥籠，婦人及其子女，男人，老人，狗以及水牛，沉默地從我們身邊走過。

夜晚的原住民從森林和山間出來，帶著他們所有的家當走在高速公路上，以便接近他們的神。黎族人相信高速公路類似巨人放大的血管，那是神的神經管線。那時我在寫一本各民族關於幸福概念的書，周遊世界，爲的是與最年長的族人談這個話題。

那位耆老是一個有一張悲戚之臉的矮小男人，他瞎了，用他白色、呆滯的眼睛看著我。他叫綠葉，我請翻譯問他，幸福是什麼。「他只是個笨蛋，」中國翻譯說，「問他沒有意義。」這位會幾句這種原住民語的中國口譯員不肯翻譯。我嘗試問第二個問題：「死後會怎麼樣？」口譯員不情不願地翻譯了。那個老人笑了起來，似乎我講了一個特別有趣的笑話。他說：「人會死，你不知道嗎？三天之後死人就變成了一隻蟲。」

我記不清楚霍甫在荷樂道休息站前談起頂級賓士車時，是第十天還是第十一天。德國必須再度成爲頂級賓士，「完美，」他說，「要求偉大的勇氣，這些是關鍵。我們需要更多的頂級賓士人才。」現在霍甫說起話來像個他以前當過的汽車銷售員，「開頂級賓士的人，就是頂尖人才。」霍甫請我按儀表板上的一個按鈕，「空氣懸架。」按鈕上可以看到一輛在兩層波浪上衝浪的汽車。我才按了鈕，賓士車就飛升了起來，像在高速公路上懸浮著的氣墊，有如以前的女神，Déesse，雪鐵龍DS車。柔軟的彈簧把街上所有的坑洞都鋪平了，「成就就像這個空氣懸架，每個人都可以升起來。」霍甫說。我們已經駛進他的人生兩千八百五十公里了，多瑙河也這麼長，但那是一條河，不是人。我們必須繼續，大概像從這兒開到北京那麼遠，也許像從紐芬蘭島上的聖約翰開往英屬哥倫比亞的維多利亞一樣，彷彿我們在世界上最長的一條高速公路，加拿大橫貫公路上開車。去紐倫堡然後再開回慕尼黑然後再回紐倫堡，二十一天以及七千五百公里是為了一本書，七千五百公里為了一個人生。

當霍甫要我操作方向盤上的一個按鍵時，我們已經在紐倫堡了。那個「定距」，是一種距離控制器，霍甫說。定距用一個看不見的防護板包起賓士車，一個電眼不斷測量開在前頭的那輛車的距離，自動調適與前面那輛車的速度。前車速度一旦慢下來，賓士車也會煞住，別人若加速，賓士就跟進。至於要讓別的車靠得多近，倒是沒有規定。「開頂級賓士，我學會在人與人之間也要用內在的距離控制器來設定校準。」霍甫說。

我那輛一九八七年出廠的老捷豹沒有距離控制器，雖然這輛車已經裝上了笨重的顯示運轉狀況的電腦，特大的螢幕、許多按鍵以及操作桿，讓我想起電視連續劇《騎士》（Knightrider）中的那輛神奇汽車，或者太空飛船的駕駛艙。像克林弓族戰士（Klingonen）（注）攻擊時般，電腦也會發出那種警示噪音，而克林弓族戰士似乎遭受重大攻擊了，因爲捷豹不停發出響音。根據螢幕上的閃亮符號，什麼都失去了作用，煞車、駕駛裝置、馬達。我最愛的符號是一輛燃燒中的汽車，火警汽笛響的同時，指示器上還會出現「請您現在離開這輛車子」的字眼。我不管這些噪音，繼續開，但不久就出現了某種後遺症。當我和別人在一起的時候，那些持續的警示噪音也開動，但我佯裝一切都很正常，繼續下去。

頂級賓士車不會隨便發出噪音，但是有定距，我立刻把我內在的距離控制器調到最大。

霍甫睡著了，我想著車子已開過紐倫堡——佛以希特休息站的那位鐵製少女，我在學生時代曾在一所博物館裡看過那種刑具。少女空空的頭面對一扇門，門上釘著方向朝內的刺，我試著回憶她的臉。我最後一天與霍甫開車去紐倫堡時，鐵製少女對我說：「我是來自斯德哥爾摩的安妮卡，上車，你應該是霍甫的朋友。」

我忘了自己是怎麼再來到慕尼黑，凌晨三點左右，我一個人在賓士車上醒過來，車子停在地下停車場，我很累，很快又睡著了。夢中我快速地看見自己的人生，我還在從慕尼黑到紐倫堡的高速公路上，聽到我身後有一個小孩在唱歌。「有一個比——巴——小精靈在跳舞……」那個孩子唱著。我看向後視鏡，發現有一個身穿藍色訂做外套的男孩坐在後座，他有一雙霍甫窺視般的蜥蜴眼，但臉是我弟弟的，然後我看見後視鏡中的我，我是個留著長長白髮的老人。

一輛車迎面而來，是我還是另外那輛車開錯邊，現在都不重要了。在我的人生中，我一直都是把別人當作幽靈駕駛的幽靈駕駛。我認出了那位駕駛，是霍甫；我坐在後座我弟弟的旁邊，而且我相信他向我招了手。

INK PUBLISHING

讀者服務卡

您買的書是：________________

生日：______年______月______日

學歷：□國中　□高中　□大專　□研究所（含以上）

職業：□軍　□公　□教育　□商　□農

□服務業　□自由業　□學生　□家管

□製造業　□銷售員　□資訊業　□大衆傳播

□醫藥業　□交通業　□貿易業　□其他________

購買的日期：______年______月______日

購書地點：□書店　□書展　□書報攤　□郵購　□直銷　□贈閱　□其他

您從那裡得知本書：□書店　□報紙　□雜誌　□網路　□親友介紹

□DM傳單　□廣播　□電視　□其他

您對本書的評價：（請填代號 1.非常滿意 2.滿意 3.普通 4.不滿意 5.非常不滿意）

內容______　封面設計______　版面設計______

讀完本書後您覺得：

1.□非常喜歡　2.□喜歡　3.□普通　4.□不喜歡　5.□非常不喜歡

您對於本書建議：

感謝您的惠顧，為了提供更好的服務，請填妥各欄資料，將讀者服務卡直接寄回或傳真本社，我們將隨時提供最新的出版、活動等相關訊息。

讀者服務專線：（02）2228-1626　讀者傳真專線：（02）2228-1598

姓名：＿＿＿＿＿＿＿＿　性別：□男　□女

郵遞區號：＿＿＿＿＿

地址：＿＿＿＿＿＿＿＿＿＿＿＿＿＿＿＿＿＿

電話：（日）＿＿＿＿＿＿＿＿（夜）＿＿＿＿＿＿＿＿

傳真：＿＿＿＿＿＿＿＿＿＿

e-mail：＿＿＿＿＿＿＿＿＿＿＿＿＿＿＿＿＿＿

INK

注：一種戰士種族，自尊心極強，重視傳統和榮譽感。

六

出版社的沃荷打電話來，他想知道我過得好不好。

「我將會死。」我說。

然後我告訴他一份研究報告，從統計學看來，作家的壽命平均短過一般人，約少個十至十五年。爲什麼？因爲「情感反芻」所花費的力氣和環法自行車賽一樣多。寫這本書，可能就要燃燒掉我三年的生命。

「把它寫下來，眞精彩，」他說，「眞精彩。」

他想請我吃飯，猜是又要勸我寫一本新書，每次都是這樣。我想著我的胃，根據反芻理論，看起來情況不太妙。過去幾年中我整整寫了二十本書，等於燃燒了六十年的生命。不過，實際經驗總是和理論不太一樣。情感反芻？不，那是狼吞虎嚥，大吃大喝，如哽在喉。但是情感？鮮少帶有。

寫作是一種叫「吃到飽」的餐廳促銷花招，吃下你能吃的一切。我坐在書桌前，一如坐在任何一間日本餐廳的輸送帶旁，食物在輸送帶上與眼睛齊高川流而過。我先喝一杯開胃酒，一杯梅子酒，是我從帶子上拿下來的第一樣東西；我就這麼想出了關於一個陌生人人生的開頭幾句。這些句子不能太艱深，但也不能太簡單。梅子酒恰到好處，駐留唇上十分爽口，又不會太甜。肉很好，一本書需要肉，一條魚多汁的肉，豐腴的生命，我嚥下一塊，我再拿了一塊，再一塊，鮪魚、鯖魚以及鮭魚，一再拿鮭魚，不必咀嚼，那會滯留，只要不失節奏，把它寫下來，就是寫下來，寫快一點兒，人生短暫，況且錄音帶上還有好多資料。這是味噌湯，喝，不會很燙，再配一個加州手捲，有飛魚卵，一點奢侈會讓每一本自傳增色。

不怕米飯，它不會造成便秘，通腸，每個生命都需要米飯，如此香軟，有飽足感，而且米飯是白色的，人人認同，普通，別瞧不起普通的東西，就是寫，然後等待機會，看看錄音帶，仔細看菜餚，現在吃點大件的，你的故事需要大件的東西，與命運相遇，轉捩點，開始之開始或者結束之開始，不，不要拿雞翅，也別碰炒麵，拿烤鰻魚，油膩而甜，聞起來，聞起來像死亡，寫下來，寫奮鬥與受苦，爲什麼你要寫這個人，一如這條鰻魚，儘管去寫死屍，但別太多，看正面，把它寫得美好些，鰻魚也會成長，它和你一樣要活下去，喂，而且把它吃下去的死人，根本不覺得痛。好，現在到了來一點希望的時刻了，澆一點兒醬油，拌一點綠色的芥末和白色蘿蔔。不要太多，會辣到舌頭，配幾個壽司，一起嚥下去。吃的時候別呼吸，千萬不能呼吸，否則要流眼淚了，芥末很嗆，太嗆了。現在輪到貝類，看起來如此正面，吃吧，別讓它跑掉，踵至其後的是清酒，現在喝一盅清酒會讓你舒服，對胃很好，寫下來，寫人生的希望，每個人生都應該有希望，即使你的胃現在正灼痛，寫下熾熱的野心，成就，幸福，但別以爲這麼簡單，你忘了愛情，沒有愛就沒有美滿的結局，每個人生都應該有過愛，每個人不都有一位母親，一個女人，一個情人，至少有一條狗，如果什麼都沒有，你必須捏造，別這麼挑剔，拿下輸送帶上的東西，剩下的，春捲很完美，拿，據此來一場羅曼史，也拿花枝和蝦，別忘了醬汁，這樣你全部都嚥下去才會比較容易。

你辦到了，你一向都辦得到。擦擦嘴，再喝清酒。然後站起來，離去。因爲輸送帶會再一次放得滿滿的，鮭魚再次經過，鮪魚和鯖魚，加州手捲和味噌湯，鰻魚和花枝。走到出口，別再轉身了，輸送帶上立著你的人生，你下一個人生以及你下下一個人生，你馬上就到門口了。

但是你轉過身來，又坐在那兒，拿起一塊生肉，把它嚥下去。

七

最近我靜坐冥思，我開車進入一座森林，從停車場那兒一直走，走到密林內，直到沒有人看見我爲止。我想像自己是一棵樹，雙手緊握，彷彿要祈禱。我閉上眼睛，用闔上的眼瞼朝下看。這是關上思考的竅門，幾年前一位中國大師傳授給我的。瘋狂的是，不思考這件事果眞奏效。那位大師與我每天晚上都一起在森林裡站上兩個鐘頭，沉默，眼睛閉上。兩尊動都不動也不隨風搖擺的雕像，什麼都不想，什麼也感覺不到，大師說這是戰鬥冥思。他和哪些敵人戰鬥呢？他從來不透露給我，爲我倆口譯的人也不知道。他說話極少，連對從世界各地來找他的癌症患者說的話也不多，那些病人相信做這種練習可以戰勝死神。大師不允諾他們什麼，只是示範應該如何正確地做這些練習，說話一事他交給別人，他的妻子、助手、翻譯。那本後來我為他而寫的《神與此完全無關》的書涉及偉大的虛無：

「您練習虛無，虛無將把一切都傳授予您。」

從此我也做戰鬥冥想，因為偶爾我的腦子需要一個新的開始。上帝創造人類時忘了一個重開機（reset）按鈕，於是我站在森林裡，把自己歸零，我的腦子非常輕。我凝神冥思，直到腦子充滿像一個氣球，直到它膨脹得要爆開。

我很好。

一個迷人的練習，我推薦給每個人。如果少想一點，少感覺一點的話，我們都可以省下許多。

八

應邀與出版社負責人吃飯的路上，我開車經過一家五金工具市場的廣告招牌，那上頭只看得到一位彎腰、赤腳的紅髮女郎。廣告把她的臀部放大為兩公尺，她以雙手緊緊抓住一個會說話的鑽孔機。那個鑽頭，氣泡裡的文字這麼寫著，說：「你愛怎麼對我都行。」我喜歡這句口號，爲了這個模糊的靈感，我開往下一個分店。午餐時間的家庭五金工具市場涼爽舒適，而且幾乎沒有人，我鮮少買東西，現在爲了那使人鎮靜的想法來到這裡。我拉出一輛推車，推它經過汽車零件的架子，螺絲釘以及木釘的陳列架，油漆及刷子的陳列架；我經常這樣結束我在這個鑽機部門的小小周遊。一場現場表演才剛剛開始：讓我們動手做一個貓和狗形狀的兒童鞦韆，除了那位乏味、厭食的女店員外，還有一位年紀較長、臉上有一抹憂鬱的男人看著，一個穿著牛仔褲和牛仔夾克的男人在兩塊板子上鑽洞，板子大體上具備一個貓頭和狗頭的輪廓，他鑽的二個洞顯然就是眼睛。

從童年起，我就對鑽孔機非常著迷。我用一個敲擊鑽頭在一隻烏龜的殼上鑽了我第一個洞，我小心翼翼把那隻烏龜捲在一塊抹布裡，再用一把老虎鉗將牠監禁起來。我希望保護那隻動物，不要像牠那些在街上行走、然後被碾碎的前輩那樣。後來我想用一條繩子穿過洞來固定牠，雖然那只是一個小小的洞，花的時間卻比我想的還要多，我必須一再停止，因為嗆人的濃煙影響了我的視線。當我鑿穿了牠的殼時，烏龜也死了。

穿牛仔褲的人用充電螺絲起子把兩個動物固定在兒童鞦韆上，瘦削的女店員窺伺著，並且走了過來。

「你愛怎麼對我都行。」她眨著眼睛說著，把廣告上的那個模型拿到我的鼻尖。「這就是它，鑽鎚 XXL 號加中止敲打設置以及鑽洞準確靈敏的瓦斯電。」

「我在找強而有力的。」我說，讓她站在那裡。在鑽機部門前的談話很快就會招來尖刻的影射。

沃荷像以往那樣點了洋蔥加公牛睪丸湯，還有兩杯白啤酒；我點了煎肉餅，因爲我又回到我老套的限制飲食了。我正寫到霍甫那本書最關鍵的章節，出版社老闆開始一段毫無鼓勵性質作用的談話，重覆敘述那個逃不掉的壓傷睪丸故事，這故事裡他的一位朋友意外地在手術室醒了過來。在今天的說法中，女醫師正俯身向他倉皇失措的朋友：她要切下他的陰莖。他嚇得抽筋，擠壓到了睪丸。

「你看起來不錯。」沃荷說，從湯裡撈出了一塊睪丸。

我沒說話，在煎肉餅上塗抹甜芥末。

「阿爾卑斯蛋，」他說，「公牛睪丸在瑞士眞的叫『阿爾卑斯蛋』，有時候也稱爲『故鄉之鐘』。那本書怎麼樣啦？不久就要開行銷會議了。」

「霍甫懂一大堆陰道的事情，書店行銷一定大感興趣。」

「眞精彩，」沃荷說，「我們爲此喝一杯。」他用餐巾輕輕擦拭嘴巴，

「如果你需要更多時間，晚一點兒才交稿的話，告訴我就好了。我多給你四星期的時間，好吧？哎，六星期。」

我已經猜到了，這等慷慨意味著什麼。

「你可以順便幫我一個忙。」他說，表情看起來滿痛苦。痛苦的表情是這場遊戲的一部分，遊戲結束時，他每次都會硬塞給我一個工作，而且成功地讓我以爲這份工作是基於純粹友誼才給我的。

「你記不記得艾立克．葛倫威克（Erik Glenewinkel）？」他問我。

「不是那個《死亡不是死亡；人生不是人生》（*Der Tod ist nicht der Tod; Das Leben ist nicht das Leben*）還有《那邊的那邊》（*Jenseits des Jenseits*）的作者嗎？」我記得，七〇年代，葛倫威克憑著幾本關於輪迴的書創下百萬本的銷售量，輪迴治療是他的特色，他藉由催眠把許多人遣返至所謂的前世生命。

「我以爲他早就死了，或者在瘋人院呢！」我說。

沃荷搖搖頭。「艾立克．葛倫威克失蹤好些年了，有一天他把自己送回了前世的生命，就這麼留在那邊。現在他類似聖人重返，稱自己爲顧以勾一世（Guigo I）。」

「而我應該和這位顧以勾一世見面？」

「不是，是和艾立克．葛倫威克見面，他重出江湖，認爲自己應該爲他的神聖服役。」

「這在扯什麼？」我說。

出版社老闆又點了兩杯白啤酒，「不要一下子就說不，我對你唯一的要求是和葛倫威克見個面，不一定非要寫書不可，主要是一個點子，一個全新的方案。葛倫威克準備爲一項研究花上一大筆錢，我可不希望他到別家出版社去。」

我想著那個我沒買的鑽孔機，總有一天我要把它買下來，用它在沃荷的腦袋上鑽螺絲釘。

「只是去談談，拜託。」

我想站起身來，然後離去，但於心不忍。「好哇。」我說，並且做出一個相稱的表情。

「謝謝。」沃荷說，一口氣喝掉剩下的白啤酒，接下來研讀菜單，點了凱撒煎甜餅。他突然變得親切得不得了，把手放在我的手臂上，「你當然知道我很企重你？」

我毫無反應，那意味深長的停頓過去了，有那麼一瞬間我怕沃荷會淚如泉湧，但是他恢復了鎮定。這種突如其來的情緒讓我尷尬，上一次有人對我說類似的話，是電視公司的節目製作人，第二天被人發現在森林裡他的汽車內窒息而死，一條動脈切斷了。我學會不把這些私密句子往自己身上攬，當寂寞忽然潑灑出來，那像靈魂打個呃，一不小心按捺不住而已，沒有什麼別的。沃荷談起一個他即將展開的長期旅行，幾年前他在蜜月島買了一棟房子，「你有沒有興趣來找我？」

每年他都邀我去，他酷愛那棟立於山上的孤寂房子。夏天用水是個問題，乾旱時田地、動物以及人用的水都不夠。今天我又得聽他說那個早晨淋浴時水突然停了的老故事。附近的農人把從河流經過森林再到他家的漫長水管給剪了，現在他們帶著糞叉站在他的房門前，一心一意只想進攻並鏟平他蜜月島的石屋。爲什麼他每次都要講同一個故事給我聽呢？

今夜我再度夢到那棟沒有水的山屋，早上我醒來時喉嚨乾渴，想像著在一棟位於山上、沒有水的老宅裡慢慢渴死會是什麼樣子。

九

殺死之後，趁著甲蟲還新鮮，必須立刻把它釘起來，如果我等太久，它會乾掉，刺穿時身體各部位很快就會散開。小時候我只用卡爾斯巴德的昆蟲針，三號，黑色的鋼上有金色的黃銅頭。我用一個小鑷子夾緊甲蟲，垂直刺穿三分之一的殼，那些以前我用來收集甲蟲的盒子，今天都還在，我把小錄音帶放在裡頭。

在城裡上高中時，我發現自己對昆蟲的嗜好，從蟑螂開始。我看管學校飼養室裡的蟑螂，它們是青蛙、蠑螈以及壁虎的食物，我也用鑷子餵變色龍或螳螂。那些巨大、紅棕色的美國蟑螂放在兩個彼此分開的孵育箱內，我的前一任，餐館老闆的兒子，用煎豬肉、馬鈴薯團、鴨肉以及烤雞肝把它們給寵壞了，我決定做實驗，只餵這群德國殖民地蟑螂吃口香糖，而美國殖民地就吃醫藥櫃裡過期的藥，主要是阿斯匹靈、創傷藥膏以及瀉藥。這種飲食方式把第一代蟑螂弄得暈頭轉向，德國蟑螂變得頗具侵略性，吃掉同類，與此同時的美國蟑螂卻變得嗜性如命。我站在玻璃箱前，觀察這奇特的交配行為，雄蟑螂倒著走、拍著翅膀靠近雌蟑螂。到了第二代蟑螂就看不出有任何突兀之處了，恰好相反，它們似乎能享受以口香糖和藥物調配的限制飲食。在飼養箱溫暖的燈光下，它們經常盤據幾個鐘頭，動也不動，好像都在冥想。它們看起來很滿足，除了口香糖和阿斯匹靈、創傷藥膏及瀉藥之外，其他一概不識。它們不因缺乏而受苦，它們愛上這種缺乏。

我據此在一篇六年級的作文中發展出一個論點，由此證明這對人類也有好處，更多的單一飲食，對精神尤其有效，「我們需要更多的精神瀉藥以及理智的口香糖。」我寫道。接下來的世代便有機會去學習接受缺乏。後來是蚯蚓，因為一樁偶發事件喚起了我的興趣。生物老師在課堂上發犯規處罰的分數，聊天罰一分，忘記寫作業兩分，作弊三分。但同學卻可以有條件贖回扣分，如果他設法弄到足夠的蚯蚓的話，一分換五十條蚯蚓，蚯蚓馬上就當作飼養箱裡的飼料。我是那個爲所有人張羅蚯蚓的少年，因爲我住在鄉下，而且父母親有一座花園。放學後我在堆肥堆裡挖掘，偷偷地把數好的蚯蚓裝在媽媽的空果醬罐裡，每條我索價一分尼。不久我就想到一個點子，把一條弄成兩條，我每次去花園一定帶著剪刀或刀子。

蚯蚓的頭很好玩，那是一塊沒有眼睛的頭布，直接掛在嘴巴的開口，而嘴巴只不過是直接通往腸子的入口。蚯蚓是生命爲何物最卓越的還原：消化，除了內臟之外，它們什麼也不是，活著，變成存在物的內臟。有時候我想，如果人類也只有一個頭布，而非有一個頭，嘴巴無縫地轉入腸子的話，也許最好了。如果人類不思考，而只需要消化，很多事會變得比較簡單。

有時候我的顧客希望我像對待蚯蚓那樣對待他們，我應該把他們切碎。一開始他們希望有一本關於他們人生的自傳，不到兩年就請我再寫第二本。於是我寫《我的人生一》，《我的人生二》，有些人也喜歡四部曲：

首先是《我的人生》，然後《我整個人生》，接下來是《我整個人生之後的整個人生》，當然還有《我整個人生之後的整個人生之後的整個人生》，待續。人們根據一種酷刑的方式來認識人類，但只有四部曲，蚯蚓可比人類先進得多。成長的份數是一百六十個環節，可以一片一片切下來。蚯蚓是少數具備自殘能力的生物，如果有敵人抓到並想吞下它，這條蟲子就自行截肢，自願截斷一排環節，敵人可以好好吃下一部分。於是一種蚯蚓的身分可以不斷繁衍下去。

十

「有一種直至死亡的人生」，通往艾立克．葛倫威克辛夢湖（Chimsee）旁寬敞房子的那條爬坡路的路標上這麼寫著，這句話刻在一塊花崗岩墓碑，是他第一本暢銷書《這段人生之前另一段人生》（*Esgibt ein Leben vor dem Leben*）變奏的書名，屋主似乎愛開玩笑。

他看起來也是滿愛說俏皮話的樣子，這個老男人穿著一件白色的卡爾特會（注）僧侶道袍，肩膀上有一隻藍色的貓在做體操，小小的頭藏在一頂過大的僧帽裡。他和一個比較年輕的男人站在馬匹練習場的旁邊，撫弄著一匹白馬的頸子。他的臉讓我想起法國影星貝爾蒙多（Belmondo），做過縮腦治療之後，同時也摘除了聲帶。葛倫威克不說話，至少不跟我說話，他旁邊的年輕男子擔任他的發言人。

「您能來，他很感謝。」發言人說。

葛倫威克握住我的手，好像要賜福予我。

「您告訴他，我也很高興。」我說。

「喔，他當然聽得見您說話，他只是處於閉言中，因爲誓言的關係。幾年前葛倫威克在一次遣返前世時，我們稱之爲旅行，發現了他的僧侶身分。他是重生的顧以勾一世，卡爾特修道院的第五任副院長，卡爾特會的僧侶在一一二〇年引進了這項永遠禁語的誡律。」

「這馬眞帥。」我說，只是爲了要說些什麼，我但願沉默的誓言是我發明的。我詛咒叫我來這裡與這個神經病見面的沃荷。

「牠是安達露其亞（Andalusier）品種，西班牙的卡爾特修道院以養馬著稱，顧以勾認爲是他修道院的僧侶把這些技術和知識帶到西班牙去。」我觀察著別號顧以勾一世的葛倫威克，他紋風不動站在那兒，對我親切地笑著。

「我對養馬眞的一無所知，」我說，「如果您要和我談一本關於純種馬的書，我恐怕不適合。」

「馬是一種符號。」發言人說。

「什麼符號呢？」

「我們來拿您的領帶。」發言人說。

忽然這位卡爾特會的僧侶動了，顧以勾一世跳了起來，抓緊我的領帶。

「您知道打領帶的原始意義嗎？」他的發言人問。

我無法呼吸，搖搖頭。

「一個爲法國國王十三世服役的克羅埃西亞僱傭騎兵團團長做了一個打結的領巾，就是日後大受歡迎的領帶。戰士打領帶，領帶表示會帶回對方的死亡，您了解嗎？」

爲了愼重起見，我拚命點頭，好像我眞的聽懂。顧以勾終於放開我，他的呼吸有貓窩的味道。

「中國皇帝陵墓裡的兵馬俑也繫帶打了結的布，在頭上繫帶死亡使者的標記。今天呢？今天那個繫在您頸子上的符號，放出完全不同的訊息，只是權力、成就、金錢。」

發言人把葛倫威克肩上的貓抱下來，輕輕撫摸牠的毛。「卡爾特修道院養了藍色的貓和白色的安達露其亞馬，作爲不死的符號。您見過卡爾特修道院的貓嗎？」

我看著那隻貓橘色的眼睛，一雙極普通的冷冷貓眼，那裡頭我可找不到上帝。

「願以勾希望您爲他企畫一本『無止境的自傳』，關於所有他度過以及還將要過的人生。首先要選擇正確、永恆的紙張，或者另外一種保存思想的形式，以便幾千年後人們仍然可以了解他的訊息。」

我聽都不想聽那個聞起來像貓窩的訊息，我只想走。發言人又拉一拉我的領帶。

訊息流傳的問題，就像領帶一樣，沒過多久就不再爲人所理解，甚至原義盡失。就算吉薩（Gizeh）金字塔的史前巨石柱，我們今天也無從知悉這項建築工程的含義。長期研究這些訊息究竟在傳達什麼的符號理論學家甚至相信，不可能發展出後代能夠理解的符號或語言。今日我們所使用的詞彙，至少二十代以後就會完全流失，一部永恆、無止境的自傳必須走另外一條路。這個問題的關鍵在於宗教，唯有以口語流傳的信仰可以繼續傳達下去。

發言人意味深長地停了一下，從他的上衣裡翻出一張舊的「核能—不—謝了」的貼紙，塞到我的手上。

「一位歐洲符號學家受政府之託，思考如何警告人們，儲藏的核能在幾千年之後仍舊具放射性，他在思索著可能性時，發展出一套理論，結論是：不出幾百年就沒有人看得懂放射性標誌或者反核能的徽章了。只有核能僧侶組成、修道院就在核能廠附近的核能神職界，才有能力持續地對幾千年後的人發出『恐怖的放射性』警告。」

「您不需要代筆作家，您需要一位神職人員，」我說。「除此之外，我是基督徒，您的宗教我一點兒都不懂。」

「願以勾只是希望您用實例來說明他的新宗教，一個馬教。您知道我們人類所留下來最古老的訊息是什麼嗎？」

「我完全沒有概念。」

「馬。法國蕭維（Chauvet）岩洞中馬的壁畫，有三萬多年的歷史。爲什麼我們的祖先要畫這種動物呢？馬，看起來很像卡爾特會僧侶飼養的安達露其亞馬，我們的祖先想要警告我們什麼嗎？或者要鼓勵我們什麼？您知道馬有什麼含義嗎？」

馬有什麼含義？我將永遠不會獲悉，因爲我上了我的車，能開多快就開多快，返回慕尼黑。

注：提倡苦修冥想的天主教修道院。

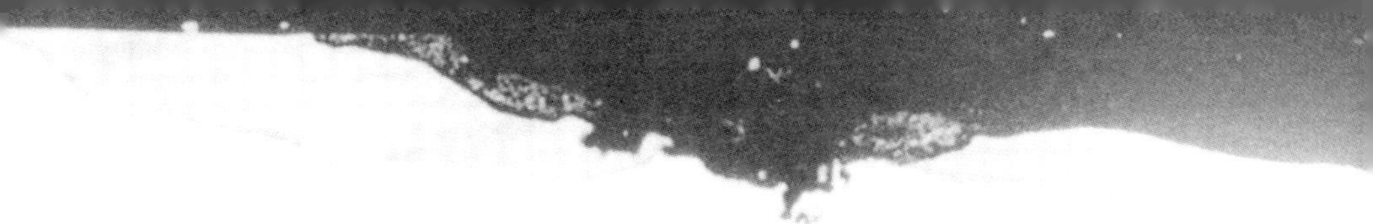

〔第三部〕

在永恆地獄中受煎熬之人永遠不會死，永恆是地獄中最嚴重的懲罰。

佛陀

一

人的內在住著眞相，奧古斯汀（Augustinus）（注）說過，那個我們稱爲「我」的東西，實際上只是一個傀儡，被一個「內在指揮者」所控制，一個小小的男人，坐在我們內心客艙裡的某處，用一根調節棒操控著我們的心靈。我喜歡這個想法，每一個我的思索，當我在思索時，都被那個小小的男人想到。很明顯的，那個小小的男人整天思索著眞相。但是，眞相顯然只源於一大堆無稽之談，以及一小撮關於生命意義的廉價笑話。每當人們談起眞相的時候，我常常總要笑出來；當他們祈禱或者冥想，並鬼扯他們突然認識自我時，我猜，只是那矮小男人捉弄了他們一下而已，只有那人才知道我們內心有什麼東西；或許那裡頭只有一些潮濕、黏黏的東西。小時候我有一次連手臂帶肩膀伸進一個樹樁裡，以爲可以摸到寶藏，但我碰觸到的，卻是像水母、精液或腦髓般的什麼。

深呼吸，再慢慢把氣吐出來。您的內在感覺到什麼？有沒有感覺到那個矮小的男人？我這廂所感覺到的，猶若一把裝上子彈的左輪手槍。

我的內在指揮者此刻正思索不同形狀的乳房，只因爲他看到了一個穿大一號的無袖運動衫的女子，運動衫的開口一再開放，好讓人把眼光駐留於她白色的乳房上。他開始計算曲線，得到的結論是，小鐮刀型的支架，把胸部往上托，不讓隆起的櫻桃紅乳頭有出其不意地興奮起來的理由。這是我開始感覺到的東西。

這對乳房屬於一個日本女人所有，這個日本女人和我一樣，在霍甫的夏季派對上作客。一個有葬禮氣氛的夏季派對，不清楚的只是誰要被埋葬而已，但是會喝酒和跳舞。整個晚上我和不同部門的主管討論，所有的年輕人，那些手臂有毛的理想女婿，帶著眞品的勞力士，但有老人似的臉龐和奇異的鋼藍色的眼睛；我相信他們大多戴染色的隱形眼鏡。我忘了我們談了什麼，只記得我手上拿著一瓶我喝光了的紅酒酒瓶。我們笨拙地站在金字塔前的停車場上，這天晚上停車場裝飾得有若《一千零一夜》裡的綠洲，有人工的棕櫚，撐開的遮陽篷以及可笑的燈光效果。我試著與一位商場人士在舞池邊談女性內褲，我堅稱，根據統計，大多數女職員在公司舉行的派對上是不穿內褲的。似乎是要應驗我的論點，有兩位女實習生從旁邊走過，那薄薄的絲綢後面除了風外一無所有，但這個話題跟談墓園設計沒什麼不同，「對，種柏樹挺好的。」暫時化身墳墓部門的主管也可以回答：「我認爲在每一座墳上裝設長明燈非常必要。」我沒多聽到什麼，因爲當下傳來一陣震耳欲聾的鼓聲，有五個打扮成綠鸚鵡的巴西森巴舞者湧進這場夏季派對。如同每一場我參加過的別家公司的慶祝會一樣，緊接而來的，是一場時間點完全不合適的神祕舞台演出。

正想溜時，發現了那位日本女子。她站在烤肉檯旁的人工棕櫚下，挨著霍甫，因現場過於嘈雜，他只能在她耳畔咆哮。通常我對日本女人興趣不大，腿太短，沒有臀部，嘴巴太小；但這裡的這位不同。她有一張嘴和腿，以及白色的乳房。她身上的什麼讓我覺得熟稔，很像我當電視色情專家時代那位我稱之爲「白胸」的女演員。但是若要區分這是否又是一次那該死的似曾相識，我太醉也太累了。等到森巴舞的空檔，霍甫介紹我們認識。

「我的傳記作家，」他吼道，「她是米珂。」

「哈囉。」她說，小小的鼻子嘲笑似地往上仰。她有一張溫柔的臉和一隻獨特傾斜的左眼，我立刻就認出來，這隻眼睛我已經看過很多次了，在放大的照片上，是一隻看過幾百具陰莖的眼睛，被玷污幾百次，在上百部日本超現實色情片中。這種色情因爲審查嚴禁陽具插入，所以更超現實。有一位具才華的導演發明了一個名叫「猛潑」（Bukkake）的概念，猛潑在日文原本意指「澆灌」，一個源於廚房的概念，人們用來形容把麵條丟進水裡的動作。在這部猛潑的影片中有一段簡單的情節：一隊手淫的男人站在一個躺著的女人前面，他們在她臉上射精。在這個人們稱爲遲鈍之愛的簡化情節之中，含有某一種詩意，從這部影片到另一部影片，只有男人的數目以及演出場景有一些變化，有時候是一百個，漸漸地，他們把陰莖放在米珂的面前，然後這個畫面就在一個體育館裡進行。有時候她的臉消失在一個閃著銀光的物質後面，只有一隻眼睛還往外看；那隻眼睛一眨也不眨，就是盯著看，而且用純潔孩童才會有的眼光看。從此，斜眼的女人讓我困惑極了。

「他很明顯不想說話。」她說。我必須凝視她，像凝視一個幽靈，我能說什麼？「我是您的作品的知音觀眾？」或者「您一口氣喝下一大杯精子的那一幕令我印象深刻？」

「您讓我想起一個人。」我說。

「一個您喜歡的人？」

「對。」我說，這是我能用語言表達的全部意思，我的內在指揮正在近距離觀察她白色的乳房。

「米珂是演員，」霍甫說，「她在兒童節目演出。」森巴舞孃和鼓手圍著霍甫，拽著他的內褲往舞池走。

「我們離開這裡吧。」米珂說，她戴著一條有金屬刺的狗鍊，如同我在電影中所見過。

我太醉了，以至於睡不著。我們開車到她住的旅館，而我的內在指揮碰了一下她白色的乳房。當時這個日本女人用她的斜眼看著我，然後手淫，她的呻吟是嚇人的笑聲。如果我的人生是一部日本色情電影，這歇斯底里似的「哈——哈——哈」想必將是完美的配音。

注：Aurelius Augustinus, AD 354-430, 羅馬基督教作家、思想家。

二

下午我和霍甫一起出席霍甫的自傳新書行銷會議，那會議由康&阿柏出版社在慕尼黑機場附近的克平斯基旅館會議室舉行。

出版社的行銷會議與賣吸塵器的行銷會議眞的沒多大區別，吸塵器經銷商與出版社公關的工作並無軒輊。我開始寫書之前，尚未注意到這些相似處，我第一次在一場行銷會上介紹一本書時，突然覺得自己像在介紹一種新的吸塵器，把經過特別處理的地毯內的一百公克粉末與灰塵統統吸出來，接著得意地請行銷人員秤一下集塵袋的重量，我眞的覺得自己是示範最新吸血蝙蝠機型吸塵器的那個人。

「太簡單了，」他們說，「還沒調到正確的吸力呢。」或者：「這個機型使用起來很不方便，家庭主婦比較喜歡小一點的機型。」於是我必須改變句子的吸力或形狀，那本書變得較小也更輕便。假如未來書要變得更輕便些，我也沒問題，爲此感到遺憾或受欺騙，是一點意義也沒。一個純粹的確認：事實上我們早就生活在一個便利性凌駕一切之上的世界裡，所有的東西都變得更加方便，無論是矽膠乳房、電視節目、雜誌、音樂或影片。

我唯一想念的，是藉由荒唐轉爲藝術所欠缺的勇氣，就像著名電影製片山繆·艾科夫（Samuel Z. Arkoff），現代市場學的拓荒者，超級市場學大師。艾科夫在拍一部電影之前，會請人畫亂七八糟的廣告，有那致命如捕鼠器般的片名，如「我是青少年狼人」、「有X光眼神的男人」或者「有一千隻眼睛的野獸」，他藉此在兜下車消費場所、銀幕可以擴大到地平線的美國汽車電影院裡，展開年輕觀眾的田野調查，直到有一個片名的市場調查結果討他歡喜，他才會請人花一個周末迅速地寫出劇本，接著幾天之內就拍出一部影片來，經常用借來的錢以及借來的布景拍攝。其實都是給暴力青少年看的廉價電影，影片就像速食、爆米花和可口可樂，那些在汽車電影院中大量消費的東西，十分美國口味。儘管如此，這些影片不乏罕見的傑作，例如我最喜歡的一部是《我是一個未成年的狼人》。「對我而言，影片就是貨品，必須像汽車輪胎那樣讓聲名流傳於人與人之間，」有一次艾科夫受訪時透露給我，「觀衆從我這裡總是會得到片名所承諾的東西：血、乳房和野獸。」後來現代藝術博物館收藏了他的電影，艾科夫卻不明白自己影片有什麼特殊之處。「你爲什麼覺得意外？」博物館館長問他，「如果安迪．沃荷可以從湯罐頭創造出普普藝術來，你的電影爲何不能也是大衆藝術？」一位六〇年代的批評家這麼描述當時尚未流行的汽車電影院：「爲什麼上帝創造了不下車購買？答案：因爲這是人生的學校，以便向我們展示一切超過人身高的東西，而這世界涉及什麼事情呢？血、乳房和野獸。」

開行銷會議時我必須想到這些，對出版社來說，書的行銷差不多就是汽車電影院中的暴力青少年，他們是測試下一季書籍風向的第一批觀衆，這些人當中，如從前的山繆．艾科夫，出版社大約只有一個有點熱門的書名，及一個投影在牆上的模糊封面設計。但可惜的是，康&阿柏出版社的編輯，那天下午向行銷介紹幾本新書的人，既不拿出乳房給人看，那不帶血腥的報告也召喚不出隨便什麼怪物。她緊抓著麥克風談一本有一個沒藥救名字「與貓烹飪」的書，是一位大名鼎鼎的電視廚師寫的。我的天，想一想山繆．艾科夫可能會做什麼？他至少會挖掉那位廚師的一隻眼睛，然後就像他以前曾經做過的那樣，爲了要引起大家注意，他改編愛倫坡的小說《黑貓》（*Dieschwarze Katze*）那部電影時，組織了一場有五百隻貓參加的賽跑。

霍甫和我坐在大約一百位行銷人員旁邊，他準備要上場了。我爲他寫了一小篇演講稿，但他要的更多，他希望在情感上能說服以男性爲主的行銷人員，或者如他所說的：「我要他們至少有那麼二顆。」睪丸由扮演蘿莉塔（注）的米珂來負責，她白色的乳房因爲一件過小、欲蓋彌彰的比基尼而托高，似乎就要爆開了，比基尼上有「看呀看」——電視公司眩目的金字塔標誌，刺眼的公司色——黃色，很技巧地凸顯出這個日本女人非比尋常的暗黑色乳頭，與那個標誌擺在一起，看起來如同兩個立體的金字塔塔尖。除此之外她什麼也沒穿，好像提醒大家，那條裹著她臀部的迷你裙在暗示什麼，總是和什麼都不穿不太一樣。米珂看起來像山繆．艾科夫一部沙灘比基尼電影中的明星，電影標題可以是「如何填塞一件狂野的比基尼：比基尼海濱或比基尼毛毯賓果遊戲」，副標題更漂亮：「如果五千位少年遇到五千位躺在毛巾上的少女會怎樣？」

當那位編輯以神氣活現的語氣宣告，安德烈亞斯．霍甫——企業家、股神以及改革家即將上台時，現場響起了如雷的掌聲，她來不及說完話，霍甫就從她手裡搶下麥克風，營造出一種果斷男人的印象，這個印象將使行銷人員激動起來，暴力青少年也一樣。米珂站在他的旁邊，對著觀眾微笑，手上一個籃子裡裝滿了黃色的比基尼。

「謝謝邀請，你們大概要問，我身邊這位嬌小的蘿莉塔是誰呀？」霍甫拉起那隻日本女子的手，她已經把籃子放在桌子上的手，讓這位姑娘優雅地踮起腳尖轉了一圈。

「但我要反問你們，你們是怎麼想的，爲什麼她在這兒？」

他走向第一排一位年紀較大、呆視蘿莉塔的男士，「您的，您的，」他結巴起來，「秘，秘，秘書？」哄堂大笑。

「不，我帶她來是爲了要引起大家的矚目。」

米珂拿起籃子，把黃色的比基尼分給在場的行銷人員。

「您瞧，如果我想賣給你們一件比基尼，而你們見都沒見過這玩意，當然不會跟我買了。就算我講再多的人體支撐功能，你們聽都不會聽。」

他走到米珂後面，猛然打開她的比基尼，那下面露出了另外一件十分透明的比基尼。「我們爲什麼在這裡？」霍甫問，把手上的比基尼拿高。「我希望你們賣我的書，就像賣這件你們現在看到的惹火比基尼一樣。」

米珂走到投影機附近，一邊玩搖控器，一邊扭擺她的臀部。牆上出現了書的封面和書名：金錢很性感——不這樣認爲的人，不是神職人員就是乞丐。

「我希望你們去書店推銷這本書的時候想到性，我希望你們勾引全德國每一個該死的男書商，該死的女書商，我希望在每一家書店都看到這本書，成堆的。」

霍甫走到那日本女人身後，又猛然打開另一件比基尼，丟給現場的人。現在，她的胸前只覆蓋著一件薄如蟬翼的鵝黃比基尼，暗色的乳頭頗具威脅性，鑽進布料裡以及行銷人員最後剩餘的一點理智中。康&阿柏出版社的女編輯無意中接到那件比基尼，嚇得馬上繼續傳給她右邊的人。

「『您成功的秘訣何在？』我幾乎每天都要被問到，聽起來好像我憑個人力量發明了人人都會調出的上好馬汀尼的配方，在此我必須向您坦承：我從不重視那種討論成功的書，那種允諾天空蔚藍的書：如何變得更富有、更美麗以及更幸運——最好是在睡夢中。因此我猶豫了許久，當康&阿柏出版社來問我：『把您的故事寫出來吧！』我的故事到底是什麼？是一夜在股市致富的陽光男孩的美妙傳奇——就這樣嗎？或者是一則典型的美國洗碗工靠自己的力量往上爬，成為百萬富翁的故事？以我的個案而言，這將是一個中斷學業，一個汽車推銷員以及吸塵器推銷員，成立一家公司，忽然爬上頂端的故事。我相信我的故事簡單多了，主要是一點：一個永不放棄的故事，或者像典型在德國創業的故事，你必須克服太多瘋狂阻力，才能創建成功。在我認爲，在我們所做過的事情當中，果眞藏有一個故事，這個故事就叫做：我們要賣出去。謝謝各位聽我講話。」

所有的行銷人員都從椅子上站了起來，瘋狂地鼓掌。霍甫打動了他們的心，他霸氣十足地舉起手，「我還要告訴各位一點，如果你們不好好做的話，我就把一家一家書店全買下來。」

這群行銷人員覺得這笑話不賴，更加熱烈地鼓掌。走出去時霍甫和每個人握手，「五十萬本！一本都不少，我保證！」他說，「我知道我可以指望你們。」他深信他的書初版時就可以賣掉五十萬本。

注：二〇年代一本轟動一時的美國小說中女主角的小名，作者為納博可夫（Vladimir Nabokov），書中的「我」有戀童癖，與年僅十二歲的蘿莉塔發展出不正常的關係。

三

我和字詞一起爬上樓梯。

我拖拖拉拉，不知道裝在一個個大袋子裡的字詞到底有多少。我的左手提著輕微字詞的那一袋，右手是沉重的字詞，每走一步都像在切割我的手指。每次我以爲還有　層，只剩下一層時，那麼就還有另一層樓。我爬著樓梯，愈爬愈高，沒有盡頭。

所有的字詞都在袋子裡，所有霍甫想要的字，關於如何的字，關於怎樣的字，關於什麼跟什麼的，關於爲什麼的，關於究竟的，關於所有字詞的字詞，關於偉大的淘金幸運。每一個字詞我都裝進袋子，霍甫的十二條誡律，每一章你——應該，你——不——應該，都編上了號碼。每一個標題我都有字詞，開始與完結的字詞，兩者之間也有字詞。這些袋子比一個人的人生還要重，一旦我想及這些字詞，每走一步，它們就更重了。我已經來到五樓，想把袋子放下來，休息一下。每一層樓都有一些老舊的板凳，那些既破舊又舒服、木質已磨損的板凳，許多人曾經都在這上面坐過，那些像我這樣無法或不願再往上爬的人，把他們的字詞暫時放在這裡，休息一下。但這是一個錯誤，是個陷阱，誰要裹足不前，誰就輸了。

早在樓下時，我就聽到另外一位顧客的腳步聲，他朝上呼喊，他想自己把他的字詞帶過來。有好多字詞，袋子很多，他還有兩位搬運工，滿載人生的袋子，滿載活過的袋子，滿載沒有活過的袋子以及滿載逝去人生的袋子。

而同時我也聽到樓上叫我的聲音，那是另外一位顧客，他不滿意那些我寫的字詞。他也用袋子裝好新的字詞帶過來，已在上面等著，要和我一起打開新字詞。我提著所有我自己原來帶著的字詞袋站在五樓，我再也無法往上走，也無法向下。

四

早上十一點，沒辦法再寫了。下午二點，我寫了三個字母，DER（注1），漂亮的字母。想了一個鐘頭，想用一個有DER的好句子開始。我想不出來。

去吃個飯。某個和DER有關的，煎肉餅。下午四點鐘，繼續在網路上搜尋DER，DER是個好字，許多重要人物需要一個DER，我看到「這個」教宗，「這個」達賴喇嘛，還有「這個」人。沒有DER這個字，他們全都不算數。晚上八點，還在線上，找到一個有DER的漂亮句子，「『這個』現代人是人類唯一倖存至今的種類。」半夜，我在網路上發現一個常用字詞排行的網頁，在德國要屬DER爲第一，接下來是DIE（注2）以及UND（注3）；英國的前三名爲OF，TO和AND；法國則是DE，LA和LE。

每隔幾分鐘這些字詞就會更新一次，一個字詞機器透過所有電子網路上使用的句子，信件、報紙、電子郵件，不停地偵測計算，說不定也竊聽電話，以及廣播和電視節目有些什麼內容。深夜兩點，已經兩分鐘了，英國最常用的字是**TO**，德國則沒有變化，只有第一百名那裡有些調動。

SAGTE（注4）這個字現在是九十九名，**WAS**（注5）滑落至第一百名。深夜三點，顯然有不少人在此時此刻說或寫了**UND**，才幾秒，**UND**便從第三躍升爲第一名。我屏住呼吸。然後世界又恢復了秩序，**DER**回到原位，我鬆了一口氣。

夜裡我看了一部默片，我想片名叫做「蒸發的腦」。一位科學家在實驗室的玻璃平板上培養腦子，並且在巨大的電燈照射下逐漸長成一個個健全的腦子。有一天第一批腦子開始抽搐，科學家視之爲靈光乍現，但那些腦子只是冒汗，有些嘗試逃離實驗的高溫，爬上牆去。科學家把它們給抓了回來，塞進玻璃罐內。他觀察它們在罐內往蓋子的方向跳，一跳就是幾個鐘頭，他以爲可以從這種行爲辨識出一種規律的模式，可能預示著一種符號。他問自己，它們想要傳達什麼給他呢？整個晚上他都坐在實驗室的書桌前，分析跳躍頻率與跳躍高度，然後他睡著了。他沒看見那些腦子停止了抽搐，而且在高溫下極緩慢地開始萎縮。當他第二天早上醒過來時，所有的腦子都蒸發掉了。

我在電視機前打了一下盹，醒來時我的頭變軟了，感覺上好像頭骨融化了。我走到鏡子前，但我看起來沒兩樣，也許有點兒灰不溜鰍。我出汗了，我的目光有些交錯。他看著我。我的腦終於軟化，開始蒸發。那個看著我的男人，只是一個殼，他的臉無可挑剔，迎面走過的人不會注意到任何區別。外表上他把我的角色扮演得挺好，但我已經不在那兒了。

我在沙發上睡著，我的腦袋裡現在住著一條魚，我非常喜歡牠，但我擔心牠的健康，牠長得太快了。游泳時牠從內撞上我的額頭，我需要幫忙。在動物商店裡，他們說我應該少餵這條魚飼料。我的家庭醫師什麼也沒說，送我去精神科醫師那兒。精神科醫師專心聽我敘述，談話近尾聲時他請我畫下那條魚。他給我彩色筆及一張紙，我爲我的頭畫了一個紅色的圓圈，用一條藍色的大魚填滿。「嗐，」那位精神科醫師說，然後考慮良久，最後他說：「您有一個問題。」他說得有道理，現在我也看見那個問題了，那條魚在我的腦袋裡沒有足夠的空間。

注

1 德文陽性冠詞，「這個」。
2 德文陰性冠詞，「這個」。
3 和、與、及
4 德文動詞「說」的過去式。
5 什麼

五

一位女記者打電話給我，從聲音判斷的話，她才十五歲。她想採訪我。

「談什麼呢？」

「您不是代筆作家嗎？您的出版社認爲……」

「您相信鬼嗎？」

「唔，不信。」

「那我們要談什麼呢？」

她不知道，我多想告訴她那條我昨晚夢到的魚的故事呀。那是一條肉食魚，但她沒問我這個。她考慮著，在線路那端發出欷欷聲，猜想她正在一本筆記本裡翻找問題吧，電話裡的女孩子，聲音像十五歲，假裝她們是記者。W，在W這個字母下面她找到了什麼，只要有了W一定可以繼續下去。

「您的感受如何？您做些什麼？您是誰？」她激動得發音有些不準。我是誰？不拉滴，不拉達，假如我是一個疊句，被孟菲斯托唱出來的話，那麼浮士德必須跳舞。但浮士德不是浮士德，孟菲斯托也不是孟菲斯托，實際上他們是《魔鬼終結者2》。影片中變色蜥蜴似的生化人（Cyborg T-1000）應該只是暫時接收他們的形體。孟菲斯托和浮士德馬上就會熔解成一堆水銀，然後魔鬼終結者會從那發銀光的熔化物躍升爲一個新的形體。他自成詩意的形式程序可以變成他看得見或看不見的任何東西，也可以變成我，他短暫地把我變成一隻在電話旁敘述的吸血蝙蝠。

「我是一隻鸚鵡，」我說，「如果缺乏文本，我就用另外一個人的腔調說話，沒有人識出其中的差別。」

「是哦，」那女孩說，「嗯，您目前在寫些什麼呢？」

「與死亡有關的，代筆作家寫的都與死亡有關。」我思索著，要用什麼故事來打發她。

「我是負責殯葬的工作人員，豪華葬禮的專家，我處理墓碑文就像代寫自傳。顧客們要求的碑文一定要漂亮，古典作家的說法頗受歡迎，如『在此安息』，想要做人生告解的要求較多深奧意義，諸如『你們如何，我們便如此，我們這般，你們也將這樣』。一些人要回憶錄有濟慈（John Keats）那戲劇化的姿態，他的墓碑上寫著：『這裡躺著一個把名字寫進水裡的人。』沒有人可以像我把名和姓刻得如此生氣勃勃，名和姓，名和姓。出生時日的字體我都會稍爲刻小一點，卒年月日我則先空著。這是我的服務，不朽這個項目在我這兒不必另外付費。」

「還有別的問題嗎？」她掛斷了。

可惜，我還想再講我下一個乏味的人生故事給她聽呢。我將成爲所有不知名心靈、沒有名氣的人以及被遺忘的人的代筆作家，第一本書的書名是《給行屍走肉的糖》（Zucker fur Zombies），這本書的前言我將引一段我從曾祖父遺物中找到的草稿，其中談到一具具被送去解剖的匿名屍體，以及一群住在慕尼黑南方墓園旁救濟院的人。「乞丐住在那裡，與瘋子、無家可歸者，或者其他」，一如我的曾祖父所寫的，「因爲酗酒、懶惰或殘疾無法獲得溫飽之人」。他們神往地望向鄰近的墓地，葬在那裡是一種渴望，至少死了以後還有個家。但他們永遠都不可能被埋在那裡，安葬費太貴了，所以救濟院的業主在他們生前就把他們賣去解剖。有些貧民怕死了解剖檯，試著扭轉他們的命運。「有一個人，」我的曾祖父這麼敘述，「是個男人，人家叫他梅塞立茲，穆修．拉茲—拉茲——他就叫這個，因爲他娛樂大衆，爲了五十分尼吃下一隻小老鼠——拉茲—拉茲。另外一個住在救濟院的人，名叫恩斯特．跳舞吧，嘗試著藉由跳舞賺個幾文錢。如果他在街上露臉，小孩就嚷嚷，『恩斯特，跳舞吧！』而他大多時候也開心照辦。他先扭擺一條腿，像這樣跳了好幾次，接下來就是『恩斯特，現在跳久久！』他便沿著墓園的牆壁跳來跳去。跳完了就收集賞錢，大家給得也毫不猶豫，因爲都知道他不會喝酒花掉，而會留作葬禮用。」

這故事的諷刺之處在於，恩斯特．跳舞吧死後卻沒有地方放他的棺材，因爲根據一條新的法律，突然規定只有名人才准許葬在南方墓園。

另外也很諷刺的是，這座建於中古世紀的慕尼黑墓園，幾百年來是貧民、異教徒、基督徒以及「不信教的行業」，如妓女和劊子手的屍渣坑，譬如恩斯特．跳舞吧以及拉茲—拉茲，那個吃小老鼠的人等等，但是這城市比較好的居民的華麗墳墓，仍然高踞在因瘟疫而死以及所有其他無名死者的群葬崗之上。

當我把這樣的人生徹底想了一遍後，整個思維拉茲—拉茲直搗心靈，全部的身心都受到無比撼動。

六

接下來幾個星期我常冥想。幾乎整天都躺在地下室停車場的車子裡，唯有如此，我才躲得過下個不停的雨。佛陀在季風來臨時也要另覓避難之地。我在德國雨季之前逃到這裡，依照我的記憶，雨季總是在夏天。時值八月，我想要淹水了。不算加油站的人，我在那裡買吃的，我不跟人說話。入夜後我回到住家辦公室，躺在沙發上，立刻睡著。我吃安眠藥對付溺水的恐懼，公寓的地下室很潮濕，遇到連續下雨就積水，這棟房子蓋得太靠近伊薩爾河（Isar），簡直像蓋在地下水中。消防隊固定時間來抽水，地下室的房東每年都固定與修理工人周旋，做那些無意義地密封牆壁的工作。工人們的態度教我佩服，他們用氣壓鎚打通牆壁，重新粉刷，只是爲了再次打通以及粉刷。每一天他們看起來都更爲滿意，彷彿知道他們的所做所爲徒勞無功，這讓他們覺得很快樂。

我怕上升的水，怕在我之下的地下室牆壁上的霉。霉爬上牆後便到達我房間的地板，水升到一樓，應該不會花很多時間，我與水僅有一層薄薄的鑲木地板之隔，而這　天快到了。

半夜電話響了，我的朋友湯瑪斯把我從熟睡中叫醒，他聽起來醉醺醺的，很疲倦。

「怎麼樣，終於當上總編啦？」我說，故意要氣他。

「我們可以見面嗎？」

「想見就見。」

「現在可以嗎？我求你，看在老交情的份上。」

我基於淺淺的人性答應了。有時候我覺得人性和抽菸一樣，是一種惡習，很難戒掉。基本上我早想立刻辭掉這份友誼，如同公司資遣老邁的員工那樣。

我們上大學時就認識了，他把我當成最好的朋友，我當他是個軟弱的傢伙。他很信任我，但我偶爾和他的太太瓊安娜上床，他讓人昏昏欲睡的關於友誼的談話幾年來一直讓我覺得厭煩。湯瑪斯．葛拉斯是電視記者，我們一年見個一、兩次面，他老在談其他記者的事。我想，我與加油站工人在地下停車場的談話都比與他的親密得多，加油工人從來不會想到去談其他的加油工人，或者說像下面這樣的話，「如果我是加油站的老闆的話，這裡會提供好得太多的汽油。」湯瑪斯罹患一種我稱之爲升總編輯的病，自從我認識他以來，二十年來，他一直夢想當上擁有自己節目的總編輯，花了十年，他才成爲代理總編輯，另外十年，他花在自以爲是眞正且較佳的總編輯上。問題是他並不是，且他永遠當不上總編輯，無論他做得多好，無論他的上司多壞或多無能，他將永遠是副手，永遠都不會得到自己的節目。因爲湯瑪斯長得醜，他具備每一種中古世紀激起畫家畫侏儒靈感的醜陋。節目裡他的綽號叫「加西莫多」（Quasimodo）（注1），這對他奇特的臉以及像小孩頭顱般大駝背的影射還算友善；他的上司正相反，英俊又無瑕，是穿著裁剪完美西裝的葛雷哥萊．畢克那一型的。他們兩個若並肩而站，湯瑪斯．葛拉斯因甲狀腺病變凸出的眼睛會讓我想起好萊塢演員彼得．羅瑞。

我還沒去過他位於城中心老市場旁的新房子，一間後院的閣樓，他與瓊安娜結婚後搬過去的地方。湯瑪斯手上拿著一個啤酒瓶站在門後，我差點兒認不出來，他的臉不知怎地調整過似的，看起來就是很有人性。我跟著他走進屋子，他腳步蹣跚，跌坐在電視機前的一組沙發上，然後用令人嫌惡的表情密切注意節目，聲音調小了些。顯然那是一則來自昔日東德退休人士搭巴士的報導，那些人正在往路易二世國王城堡的路上。

「喂，可好？」我友善地問，「你看起來不錯喲。」

「瓊安娜離開我了，你知道她跟誰在一起騙我嗎？」

他戲劇性地停頓了一下，我一時間感到震驚無比，以爲他知道我和她的關係了。

「跟史德凡。你想像一下，她與我的上司有一腿。」

我鬆一口氣的目光投向電視螢光幕，載著退休人士的巴士快到新天鵝堡了，導遊用薩克森方言解說，路易二世國王是個資本主義的剝削者，因爲蓋這座城堡，他把巴伐利亞的財政給拖垮了。湯瑪斯喝了一口啤酒，然後繼續說：

「我不知道她爲什麼要這樣。」

我不發一語，我也不知道，我只知道湯瑪斯現在不僅有升官問題，還有婚姻問題。

「一年前我做了一個決定，要是當不上總編輯，就辭職不幹。你曉得，十二月過去了，而我即將戰勝史德凡。」

「戰勝？」

「我的心理醫師是這麼說的，他建議我爲我的下一輪十二個月寫一齣人生劇本，情節應該很簡單。你知道最簡單的情節是什麼嗎？」我搖搖頭，想著亞當和夏娃，蛇及蘋果，這一類的事情。

「最簡單的情節是兩個男人之間的一場賽跑，跑得較快的那個人就殺掉另外一個人，我管自己的故事叫小與大主管的故事。有一天這位小主管決定要變得和那位大主管一樣漂亮，他請假並消失在整型醫院中。當他再度回到辦公室，他的臉看起來煥然一新。每一天，這位小主管都要打扮打扮，有一次穿上和大主管一樣優雅的西裝。所有電視公司的人都注意到這個變化，於是大主管漸漸有了壓力。小主管愈來愈好看，大主管卻失去了魅力與威望。他每天看似老過一天，油盡燈枯，皮膚斑斑點點，然後他開始在上班時喝酒。小主管已經和電視公司經理開始洽談關於總編輯職位的事情了。」湯瑪斯停了一下。

「我差不多要達到目的，直到瓊安娜加入這場比賽爲止。一天，這位上司完全變了一個人似地走進編輯部，看來比過去年輕和容光煥發，而他恢復青春的靈丹就是瓊安娜。爲了要侮辱我，他以耀武揚威的性交作爲報復，在許多人側耳傾聽的情況下和我老婆睡覺，在他的辦公室裡，午休時刻。」

湯瑪斯又打開一瓶啤酒。我剛剛離開我的身體，繼續飄浮，在另外一個地方，快到天花板的下方了。我在腦海裡拍攝他的劇本，像攝影機那般從上俯瞰總編輯的辦公室，那位總編輯把褲子褪下站在瓊安娜後面，而她趴在書桌上。攝影機慢慢轉動，我潛到她的臉那兒，一張狂喜的臉，張得大大的眼睛盯著我瞧。彼得．羅瑞的眼睛，「操我。」那張臉說。「喔，好。」總編輯說。但那不是瓊安娜的臉，那是湯瑪斯．葛拉斯的臉，以錯亂的淫蕩乞求著他的上司。「操我！」他叫道。「喔，好。」總編輯回答。

「我現在應該怎麼辦？」湯瑪斯問，一口氣喝光他的啤酒，然後沉默下來，呆呆看著螢光幕，那上頭還在播那個報導。退休人士這時在林登霍夫（Linderhof）城堡的公園，進了維納斯地洞，他們划著國王很喜歡搭乘的銀色貝殼船，半明半暗中，他們站在地洞裡的小湖邊，搖頭嘆息。導遊用帕西法爾（Parsifal）（注2）的音樂鞭笞路易二世的頹廢，因爲那個時候還未發明隨身聽，這個國王就把整個國家歌劇院搬過來，只爲了要在地洞裡聽音樂。導遊用薩克森方言說「地洞」這個字有點嚇人，從他的嘴裡聽起來像胡蘿蔔，一個特大劣質的胡蘿蔔。

湯瑪斯口齒不清地說，「我現在應該怎麼辦。」他說了好幾次。他縮在沙發上，不時打盹兒。他的舉止眞讓我感到尷尬，我什麼感覺也沒有，我的內心一無所有，除了一個特大劣質的胡蘿蔔之外，什麼也沒有。

我裝出一副萬分同情的表情，再清楚不過，湯瑪斯的故事已經結束了。我不知道他的心理醫師要是處於我的立場會說些什麼，若是一部法國電影，男主角現在會哭，亞洲電影的話，他就該自殺了。

「你有沒有想過自殺？」我說。湯瑪斯咕噥一聲，手上拿著啤酒瓶睡著了，他的頭慢慢從沙發滑落到地上。我突然有個念頭，我在什麼地方讀過，一位劇作家應該常常自問，想像每一個角色在最糟情況下的轉變是什麼。

「你總還能戰勝他，」我說，「你的劇本只缺一個眞正的攤牌，你的故事裡太多悲劇了，而你現在需要的，就是行動。」

「一次對決？」湯瑪斯從半睡眠狀態驚醒過來，馬上又打起了瞌睡。

我想的是一個犯案中的狂徒。

三點左右我叫了一輛計程車，去旅館找米珂，我需要從這過多人性裡脫身出來。

我再也沒再看到湯瑪斯．葛拉斯，那天晚上他嘔吐時噎死了。人生有時剛好就吐在那些最優秀的劇本上。

差不多就在湯瑪斯沒有氣息的那個時刻，我正在測試米珂的陰道，她有一個高高隆起的外陰部，陰唇大又結實。一個陰道，在古老的日本被尊崇為「滿族餑餑」。根據一本古老的專門名詞匯編，藝伎的陰道以前可以區分為十種，「章魚吸盤」或「突起的陰唇」，以其不正常的肌肉緊緊纏住陰莖；錢包狀的「錢包餑餑」，特質在於不自覺地抽搐；多毛的「毛長」，剃毛的「陶碗」，陰唇加長的「前垂餑餑」，很窄的「閂」；腫起來的「愛宕山」，像愛宕山那樣隆起；入口比一般高的「上附」，以及比較深入的「下附」。

或者「紫色山與水晶河流之城」，京都藝伎評論男人的陰莖時，比較不是依據它的小黃瓜或者鐮刀形狀，相反的，是依據它的顏色以及味道。一般而言，白種男人有米色或粉紅色的陰莖，有時候米色型的帶有像煎肉汁的黃色。「我愛粉紅色型，」米珂說，「睪丸有一種令我爲之瘋狂的味道。」

現在我明白了，十七世紀一位被「滿族餑餑」迷得神魂顚倒的日本詩人指的是什麼，他形容一種人生的感覺，稱之爲浮士繪，「流暢，非永久的世界」，如一株植物「被驅使」，「一株被一條河流拖著走的植物」。

我讚嘆米珂瞬間流暢的能力，好似她爲人生裝進了一個開關，可以隨意按「開」。當我探尋著她光滑的肌膚時，什麼感覺也沒有，她用來觸碰我的嘴也一樣，我無法改變。

在床上我問自己，她是眞的呻吟或者她只是完美地同步配合；再者，我在她身上喚醒的對生命的呼叫，是否爲眞實的生命。

我永遠不會明白，性交爲什麼被視爲最親密的片刻。沒有哪一個地方比得上在一個女人體內更讓我感到寂寞。陰道是渴望的一個洞穴，在裡頭男人唯有自己。當我滑進她有力的滿族餑餑時，我哭了，我希望永遠深陷其中。

注

1《鐘樓怪人》男主角的名字。

2 華格納作品。

七

也許這個世界是立於我們的頭之上，而我們全都必須向後方說話；也許紅色實際上是藍色，綠色則是黃色；也許我們有三隻手，有一隻獨眼巨人的眼睛。但我們沒察覺，只有我們的內在指揮看見眞實的我們是什麼樣子。他的工作看起來似乎是保護我們不受傷害，他規勸我們要向前說話不是向後，藍色當然是藍色，不然哩？若我們站在一面鏡子前，他會設法不讓我們看到第三隻手，那想必是一隻很可怕的手。

即使我們戴上一副把世界立於頭上的眼鏡，不出幾天我們還是像從前那樣來看世界。我試了好幾個星期，希望向內在指揮挑戰，想看看我們之間的比賽可以撐多久。我戴上這副眼鏡觀察這個世界，上是下，下是上，不過，過不了多久一切就恢復正常。然後我拿下眼鏡，這世界馬上就又立於頭上。再一次，等到這世界再次如他所願的正常那樣，不需要太多時間，我很快就放棄了。

人會隨著時間習慣許多事物，我習慣了我的想像，我殺死人，但所有的人仍然活著，只有兩位我的顧客在書出版後幾天就死了。警方最初審訊我時，我以爲我眞的殺死了這二位經理或演員，但警察只想從我這兒打聽，死者是否有仇家。每次的死因都與我想像的不一樣，我把那個年老的女演員悶死了，但事實上她自己喝下了有毒的花茶；我朝那個經理的腦袋開了一槍，解決了他，事實是有人在地下停車場碾過了他，然後用車壓扁他的頭，壓了好幾次。

通常我交稿後就會中止謀殺幻想，但現在它們盤踞不去，出版社想讓我和安德烈亞斯．霍甫來一趟朗誦簽名會之旅，我拒絕，但我的內在指揮卻答應了。

我不喜歡回憶上次我參加的朗誦簽名會之旅，是與一位年老的耶穌會長老一起在教區的大廳、書店以及購物中心出現。長老唸他的自傳之前，我以出版社的立場說幾句開場白，但他不照著我的稿子唸，瑣瑣碎碎偏離了主題。我坐在他旁邊看起來無動於衷，不讓人看出破綻。沒錯，我以天使般的臉龐對著唸書的上帝之人微笑，他一點一點地破壞上帝，卻不曾留意讀者們已變得不安。爲了讓自己分心，我想像著宗教法庭上的拷問方法，想像自己如何練習以鉗子活生生將他的舌頭扯下來。他終於重新唸起我的句子，我立刻感覺到讀者舒了一口氣。一個人發出笑聲了，我得救了。

我一向避免這類共同出席的活動，與我的顧客們再見，男的或女的，都令我困惑。對我而言，他們已變成了錄音帶，在我的小辦公室裡，所有的訪問都放在一個玻璃櫃裡的貴賓席，一個盒子挨著一個盒子。我重新黏上以古老的拉丁文寫的甲蟲名的標籤，有些原來的文字還閃著微微的光，譬如 Periplaneta Americana。我喜歡這個名字，聽起來比只叫「美國蟑螂」要世界主義得多。現在那裡是「安德烈亞斯．霍甫」，下方是我第一次和最後一次訪問他的日期。看起來有點像墓碑上的碑文，我把盒子從玻璃櫃裡介於一名足球員和一位大師的格子之間拿了出來，小心翼翼放在我的書桌上，打開蓋子。盒子裡躺著霍甫，看呀看電視公司的創辦人，分爲三十個部分，他的人生藏在三十卷白色的微縮錄音帶中。那些錄音帶我既沒有編號，也不曾聆聽過。我很迷信，一旦聆聽，那個人的人生就揮發掉了，聆聽時我的人生也要跟著揮發掉了。我拿出幾卷錄音帶觀察，似乎每一卷錄音帶上都儲存了一百二十分鐘的談話時間，A面六十分鐘，B面六十分鐘。然而重要的不是字詞，也不是聲音或者呼吸、嘆息、笑聲，不，是停頓，是錄音帶上沙沙作響的聲音與寂靜，人生就儲存在其中。那個沒有故事、沒有見識過大團圓結局的人生。

這就是那些沒什麼好聽，但卻一直在那裡的東西。一些東西，等待著。每當我手上拿起這些錄音帶，就可以感覺到，那是等待著我的死亡。

一位女友有一次送我一本書，書名叫做《心靈飢渴》，或者諸如此類的書名，這位女性主義作家在書中以中國的太監爲例，形容男人的心理。她的論點很簡單，去勢的男人終其一生只想著一件事情：性交。即使人們早在他是個男孩時就用刀閹割了他的陰莖和睪丸，這在中國帝王時期很普遍。即使是鎖住太監尿道的小銀釘，也無法抑制這份渴念。如同截去大腿的人，他的幻痛會使他以爲自己感受到腳趾頭發疼，太監也感覺得到兩腿之間的生命。太監因此有句諺語，他們說「我的心靈很飢渴。」總算有了一個心靈是什麼的清楚定義。陰莖與睪丸，稱爲「高貴的三體」，就是太監的心靈。根據一項古老的傳統，那些生殖器要保存起來，去勢之人的家屬將之貯放在一個玻璃罐裡，成爲玻璃罐裡的心靈，因爲太監死後要和他「高貴的三體」葬在一起，如此他才會投胎爲一個完整的男人。中國末代皇帝溥儀的最後一位太監孫耀庭就沒這麼幸運了，他的家人因爲懼怕打劫的紅衛兵，把裝了生殖器的玻璃罐丟進垃圾桶。文化大革命時期，一個保存起來的陰莖和睪丸是封建過去的象徵。這最後一位太監拿他下一個人生開玩笑：「如果我死了，可能會投胎成爲貓或狗吧。」

盒內的錄音帶於我而言，仿若太監遺失的「心靈」，我便是它們的看守人，它們信任我。

八

周末我和茉莉睡覺，自從我倆分手後，她變成了一個很好的性伴侶；離婚的妻子以及舊情人是男人最好的性伴侶。和外遇或者找妓女相反的，是最不虛僞的關係。該怎樣就怎樣，這個關係的本質把性生活從糾纏不清的浪漫中釋放出來。

這次我只犯了一個錯，辦完事之後與茉莉去咖啡館。

茉莉一直說話，我好像在聽不停轉台的廣播節目，一個頻道上播放共同認識的熟人消息，另一個頻道則是經痛的特輯，其間有許多聽不清楚的窸窸窣窣。我在想她小女孩般的腳，以及每次都營救我的那三個字：我想像。

我想像茉莉的嘴如一個水龍頭的口，不停地流出有鐵鏽的水；我繼續想像，她的頭不見了，現在那個位置上安裝著一個不能再扭轉的水龍頭。它說：「你是一個搭火車的人，它若來了，你就上車；它若不來，你也無所謂。」

我想走，但他不想。「坐著。」他說。我的內在指揮命令我繼續傾聽，他是飢餓的，他理解我體內希望被言語餵食的痛楚，我就是那個不飽足的人。

我想像我整個人生唯一僅有的，就是我——想——像。每當我想像什麼，這個該如何，某人如何，像我曾經是的那樣，那個最好該如何，某人最好該如何，我該如何。孩提時這還算簡單。關於一隻甲蟲裡有什麼的想像，拿來與它的實體做眞正比較，一點兒也不難。我把拇指放在甲蟲的背部，用力擠壓，強烈的氣味直撲我的鼻子，然後我看見黃色的汁液，完全符合我的想像。我再也感受不到別的的一清二楚。憑著我稍長之後所擁有的想像，就難多了。我想像別人死亡，我讓那些人挨餓、出事，殺死他們使我愉快。我佯作不曾察覺我的樂趣，跟誰都不說。我在鏡子前練習一種不痛不癢的表情，我是一個有一張友善臉龐的友善之人。

「你是個很好的傾聽者，」茉莉說，「我一直都很喜歡你這一點。」

那張友善之臉看著茉莉，想像著在巴登—巴登（BadenBaden）一家咖啡屋裡相同的畫面。我對面坐著一位取代茉莉的年老女士，一位老淑女，四〇、五〇年代紅極一時的歌劇女高音。幾個月以來，我為了一本書訪問她，關於她的人生。

我們初次碰面的那天氣溫很高，當我親吻她的手，聞到了腐爛的口臭，那味道飄向我，因為她發皺的嘴唇不斷分泌出禮貌來。

淡青色的肉墩子呑呑吐吐出四個發霉的生字：「年輕人」與「唉」以及「不可能」，「多體貼呀」。她同時把幾絲討人喜歡的辛辣口水吐到我臉上，我偷偷擦去，嘗它一下。我們坐在那座城市一家經歷過世紀交替的老咖啡館，裝在銀壺裡的摩卡咖啡被一位戴著白手套的侍應生送上桌。她在出汗，慢慢地，她的緊身胸衣也開始溶化了，那股讓老女人變得令人仰慕的無與倫比的香味，透過她穿的絲緞爬了出來。「仁慈的女人，我能再為您點些什麼嗎？」我結結巴巴說著該死的語言，這句在療養旅客度假聖地仍然存活著的語言。我為她點了一塊鳳梨鮮奶油蛋糕，讚嘆著她那與一隻壓壞了的昆蟲沾親帶故的形體。她蒼白的木乃伊臉上躺著一磅重、人工抹上去的化妝品，遠遠望去，戴著遮去半張臉太陽眼鏡的她，總還有幾分像她自己的孫女，她具有青春期女學生饒舌節奏的嗓音，她用假嗓講話，發出咯咯聲，而我喜歡她由老舊的聲帶轉過來、輕微氣喘的腔調。

她付了帳，我幫她穿上貂皮大衣，不小心碰到她的皮膚時，我的膝蓋打著顫：她摸起來像潮濕的砂紙。這短短的一秒鐘我看見她站在那兒，肉色絲綢緊身胸衣之下猶如一隻絕種蜥蜴的形態。

「年輕人，」她專橫地說道，「我們走吧。」

老女人的別墅聞起來有橡膠和腐敗味，過去二十年，除了園丁之外，沒有一個男人踏進過這間屋子。

「我們在開始以前，要不要先來杯甜燒酒？」

「太好了，但請您先帶我去洗手間。」我像往常那樣把自己鎖在裡頭，等待著我的十五分鐘。我幾乎要祈禱了，黃色的磁磚多漂亮呀，真正的幸福看起來就是這樣，這裡應該是一間教堂，因為聞得到那種點著的香的公山羊味以及清潔劑的聖潔味道。

那位女士已經敲了好一陣子門了，「天啊，天啊，您倒是說話呀。」「我們來了。」我柔聲說道。這個有一張和氣之臉的男人及其朋友，那位內在指揮，馬上就要完成任務了。在想像中，我把那個上了年紀的名伶推進客廳，用拇指挖出她的左眼；那隻發出「噗」聲的玻璃眼珠，慢慢滾到鑲木地板邊。那隻眼睛使我憶起小時候玩的彈珠。同時，另外一個我正以一張相似的臉訪問這位女士，什麼事都能發生，他們喝著甜燒酒，當他放進錄音帶時，發出「卡嗒」聲，他們這天下午沉浸在回憶中。

「噗，」我說，當這位女士失去知覺，倒在地上之時，我還沒時間問她的本名哩。「你的頭髮真漂亮，老蜥蜴，」我說，因為要聊一下，「但你應該少化點兒妝，對皮膚不好。」她不作聲，空洞的眼窩呆呆地看著我。

當老女人恢復了神智，我非常謹慎地用鞋子壓她的咽喉，她又蹬又踢，而我突然覺得她想告訴我什麼重要的事情。

任何生命臨死之際都一樣。我以前切碎蚯蚓時，第一次劇烈抽搐之後，我會觀察切割下的肢體之死寂片刻，以及隨後的最後顫抖。現在那隻老蜥蜴差不多了，不再亂踢一通。老女人的臉獰笑著，那是非常普通的一種獰笑。

告別時我用盡全身力氣踩在她的頭顱上，死人也會講話，她最後發出的評論是一陣響亮的劈哩啪拉。

「你好安靜，」茉莉說，「談談你自己吧，你都在幹嘛？」

「我靜坐。」我說，爲的是別嚇著她。我的確一個鐘頭以來都在練習鎮定，佛陀稱鎮定爲第四階段的專心致志，我只是接受一切正在發生的現況，沒有思慮也沒有期待，苦或樂皆不察。鎮定是一件美妙的事情，是通往不死的第一步。「就算有人用鋸子切下一個又一個僧侶的生殖器，只要靜坐就不會有雜念。」佛陀應該也會這麼說，而我幾乎快到這個境界了。

我差點變得自大起來，告別時我吻了茉莉一下。

九

在飛往柏林的飛機上，我在法文報紙看到一篇關於寄生蟲能夠改變它們宿主行爲的有趣報導，只有幾公分大的大姬蜂可以把蝴蝶變成意志薄弱的奴才，隨意騎在它們的背上，叫蝴蝶不要採花蜜，只去舔動物腐爛的屍體。

這篇報導我必須看了又看，因爲康&阿柏出版社年輕的女公關已經和我講過三次了，搭乘私人飛機是一件多麼令人興奮的事情。我只覺得她的大腿令人興奮，除此之外她讓我神經緊張；她陪霍甫、米珂與我參加新書發表會，橫跨德國的朗誦簽名會巡迴之旅以柏林的一家書店爲起點。顯然這位公關害怕坐飛機，因爲她緊抓著我的膝蓋不放，我得費一番工夫才能把這篇文章看完，還有，米珂和霍甫坐在一起，他倆抽著雪茄，而且她的笑聲使我感到困惑。

「有些寄生蟲，」報上援引了權威專家的話，「從這個宿主換到下一個宿主時，性格才會逐漸形成。」一隻輪流在貓及其戰利品上居住的單細胞寄生蟲，會使老鼠喪失對牠們天敵氣味的恐懼感，老鼠會突然對貓有一份渴望，貓聞起來只具性的吸引力。「對牠們來說，死亡的味道等於情愛的香水。」這位名叫M.博士的專家的一段引文，印在他的照片之下。他有一張丘陵狀的臉以及一個錯誤的齜牙咧嘴，我在繪畫課上學到的，他臉上的丘陵叫做「東方腫塊」。

M.博士自行嘗試感染寄生蟲，如果有幼蟲從他的腮幫子爬出來，他就很高興，他酷愛「能鑽進皮膚裡的膜翅目昆蟲」。這篇文章以一種我所感受到的哲思作為結束。一條懶散、半瞎，幾百萬年來在深海底心滿意足地游泳的魚，直到一隻寄生蟲走進牠的黑暗世界：一隻絛蟲。這隻蟲說服了那條魚，牠有能力飛行。「你是一隻鳥，不是魚。」絛蟲說，並且像提出證據似的，把它宿主泥巴色的鱗片染成白色，和天上的白雲一樣白。那條魚游到水面上，跳躍著，浮出海面一秒鐘。一條蒼白的魚，牠以爲自己是一隻鳥。牠旁邊有其他的魚也在飛翔，牠們也以爲自己是鳥，牠們想的都一樣。牠們不知道自己只是那條蟲要飛的載具而已，而條蟲則爲即將找到下一個宿主而欣欣然。飢餓的海鷗或天鵝衝向那些蒼白的魚時，尚未察覺到這些瞎眼的旅客躲在牠們認錯之掠奪品的腸子裡呢。

自由意志的點子大概是一種巨大條蟲的騙局吧，這難道不足以成爲那謎樣的行爲——人類能夠有的行爲，某種具說服力的解釋嗎？從性欲之謎到所謂的感覺之謎：一切都在寄生蟲的掌控之中。也許我的內在指導也和衆多的寄生蟲無異，或許我便是我自己的寄生蟲，在一條蒼白魚類中的瞎眼旅客是否在等待牠的出擊？

我不知道有什麼比新書發表會以及在書店的朗讀更爲千篇一律，是不舒服的塑膠折椅，混濁的空氣，食譜與自己動手做的書籍堆在一起的鬱悶氣氛，或者是一向安靜的女書店販賣員，鬼扯圖書文化沒落，然後爲此道歉，以至於他們不得不——痛苦不堪，極度痛苦不堪——也販賣人們希望買的垃圾的書商？從城市到城市只有兩件事情有點變化：演講者的講台高度以及第一排穿動不動便滑落肩帶細如義大利麵條的洋裝之女人。根據我個人的統計，與大城市相比，小城市的講台較高，坐在第一排的女孩較多也較糾纏不清。猜想那老往下滑的細肩帶洋裝是專爲朗讀會而發明。

我在這種活動上所扮演的角色其實小到做一個短短的開場白，然後在觀衆席找一個位子。霍甫朗讀，米珂則以日本蘿莉塔之姿展示行銷會議上檢測過的比基尼。

但現在我坐在講桌前的霍甫旁邊，我彷彿是他的孿生兄弟，穿著一套和他一樣的淺藍色西裝，甚至髮型也和他一樣。我那瞎眼的旅客騷動了起來，是那隻絛蟲。安德烈亞斯．霍甫在說話，但那隻寄生蟲想要說服我發言，說我就是霍甫。

「那是你的書。」它說。我佯裝不經意地望向霍甫，他的嘴唇在動，他面前立著一隻麥克風。我沒有麥克風，雖然如此，我聽見自己在講話。發表會的客人因穿插其間、經過我精心修飾的黃色比基尼笑話而忍俊不住。爲了要強調書名，現在有一個穿得像神父的男人從日本女人的胸前拿起了那件薄如蟬翼、交疊在一起的比基尼，甩向觀衆。當他拿走米珂僅存的兩件比基尼中的一件時，她白色的胸脯閃閃發光。

霍甫留意到我的目光，對我咧一咧嘴。他拍拍我的肩膀，用手摟著我，似乎在說：「嗨，哥兒們，她是一個好得沒話說的妓女，就跟你一樣。」

代筆作家是職業拳擊手練習的對手，他們因被冠軍打到嘴巴而有錢可賺。我的掩體有那麼一會往下偏了，而他用一記上擊就逮住了我的玻璃下巴。

霍甫站起來，站到米珂後面，他慢慢地打開最後一件比基尼，用食指捲起來，把它甩到我的臉上。掌聲響起，「安可！」有人叫嚷。我注意到，日本女人的兩腿之間有霍甫悄悄從後面推移的左手。

「你們今天所經歷的，正是我稱做化學碰撞的東西，」他說。「當火花蹦出，人與人之間的化學性質相符時，這就是公事，也是私事的最佳基礎。」

他在搞米珂時，她卻望向我並且張開她的嘴巴。她裝出一副專業的、乳房上架著擠奶機的母牛臉。

「你會飛。」那隻寄生蟲說。我卻腳步蹣跚，用最後一絲力氣想著，總有一天要寫穿易滑落的細肩帶洋裝女人的小小哲思。第一排褐髮的小姐嫻熟地讓一個搬運工滑過肩膀，她兩條腿交叉坐著，開始和霍甫打情罵俏。無論如何，她的內褲很獨特，有一扇柔軟、啵亮的錫箔紙的窗戶。當我近一點兒看，我知道爲什麼了，她的陰蒂裝上了環狀物，以日本的規格而言，她有一個相當有趣的隆起的陰部。

「你會飛。」那隻寄生蟲重覆說道。神父在分籃子裡印有公司標誌的黃色比基尼，霍甫又坐到我身邊來，翻閱著他的書，打開全球化企業契機的那一章。

「我們必須想得比我們的界限還要遠。」我在他的立場上發言。

然後謀殺的幻想又來了。

我喜歡想像，砍下陌生人或站在我附近的人的頭，只是爲了在一場怪誕的躲迷藏遊戲中重新放上不同的頭。假使我也砍下我自己的頭，把它放在霍甫的軀體上，會有人看出箇中的差別嗎？

我拿出桌子下的武士刀，狠狠地一舉砍下霍甫的頭，頭滾到褐髮小姐的腳前，霍甫的嘴唇繼續歙動。「我們所有的所做所爲之中，果眞有一個故事，」我說。「這個故事就叫：我們必須賣東西，我們必須什麼都賣。」

活動如何結束，我不得而知。我心臟狂跳，在一輛行駛中的救護車上醒過來。「您心律不整，每分鐘跳兩百二十下。」那位俯身向我的醫護人員說。我看著他，再望向那件白色、發縐的罩袍，罩袍眞漂亮。我抬起頭來，穿過汽車後部那扇小小的窗戶，向黑暗瞧去。外面在下雨，藍色的燈映在濕濕的瀝青上，我看到汽車的聚光燈，城市的燈光，我看到霍甫的蜥蜴臉以及米珂強健的外陰部，但這一切都在瞬間從我眼前消失，彷彿這輛救護車今夜被一個彈弓給發射出去似的。

「我可以讓我的心臟停止跳動，如果您希望的話，」我說，「一個古老的瑜伽花招。」我深呼吸，使盡吃奶的力氣壓迫我的胸膛。我的心跳靜止了好一會兒，然後又磕磕絆絆起來。醫護人員給了我一針，「蛇毒，」他打趣地說，「會讓您覺得好一點兒。」

我再也沒有感覺，除了暢快與溫暖外。我覺得很接近我那自動販賣機的理想，在我睡著之前，我享受著這全然空虛的溫暖和模糊。

十

今天是星期天，有三個零的愚蠢年份的十二月三日，我的四十一歲生日，我大半時間躺在小辦公室內的沙發上度過。我瞪著天花板，但它不再是我的白牆，我無法什麼都不去想，一直到我想像著，我處於一個單獨的監獄房間，這才開始好過一些。

十二點時我叫了一盒披薩，半個鐘頭後，食物由一個穿紅色制服的女孩送過來，我還差一點誤以爲她是監獄管理員呢。幾個鐘頭過後，我的鼻子裡仍然有她的香味，一個年輕女孩甜美、持久的味道，一種老讓我想起乳酪的氣味。我翻著一本美化家居的雜誌，瀏覽一篇關於人性化監獄建築的文章。一位唇上有毛的女心理醫師在一次訪問中說過，長時間獨居會改變人的性格。由於我這輩子大部分時間都在自願獨居中度過，所以我知道這些徵兆，即使神經粗壯的犯人，一些器官也會在幾星期之後發起癲來。我的嗅覺器官尤其如此，有些日子裡，我對氣味過度靈敏，就算在大馬路上我也沒法走在別人的後面，因爲我無法忍受那個臭味。我不是說汗、尿、菸草或者爽身劑的味道。一切都掩蓋不住人自身所發出的具體氣味，每個身體最晚到了三十歲聞起來都有腐敗味。

下午我發現自己在和辦公室牢房對話，我聽見自己說著唇上有毛的女心理醫師的句子：「對犯人而言，總有一天門會成爲最重要的物體。」我說，或者：「處於隔離情況的人，會因爲孤立狀態而不覺得他所說的話會被另外的人悉聽。」就像被塞進木板棚的耶穌在慕尼黑啤酒節上偏偏遇到里爾克，「我正是。」那個被釘在十字架上、臉色蠟黃，爲了號召一年一度的民俗市集而在此腐敗的人呻吟著。但沒有人聆聽這個被釘得牢牢的屍體說話，如同那位詩人日後在他耶穌基督—幻影中所摘錄下的一樣。「我這樣活著，永遠死了。」耶穌在驚愕地凝視他的群衆之中應該這麼呼喊過。

黃昏時分，我又研究起建築以及建築對人類的影響。前不久我開始依照下降高度來劃分城市，或者一個人從每一座城市裡的最高建築物跳下時所需的下降時間來劃分。理論上柏林是一座十秒城，但以我的標準看只是八秒城市；電視塔有三百六十五公尺高，但免費開放的瞭望台卻只有兩百零三公尺，從那兒墜落亞歷山大廣場，不多不少八秒鐘。法蘭克福堪稱十九秒城，因爲包括天線桿在內，商業銀行大廈（Commerzbankturm）有兩百九十九公尺高。跳得好的話，從一百四十四公尺高的地方也能讓法蘭克福成爲一座我眼中的六秒城，至少那兒有一座樓有四十九層高的屋頂花園。

我所站過的最高建築物，是十二秒城芝加哥四百四十三公尺高的希爾斯大廈（Sears Tower），芝加哥差一點兒就成了三十秒城，若從一座伸展向天際一千六百零九公尺、計畫命名爲伊利諾的大廈往下墜落的話，就需要這麼多時間。

慕尼黑只是一座七秒城，從這座城市的最高建築物往下跳不會花比這更多的時間，奧林匹克電視塔的瞭望台高一百九十二公尺。我有九十公斤重，空氣阻力為〇．三四，若重力加速度為每秒九．八一公尺，我估計墜落的速度在彈起的瞬間將達到每小時一百七十五公里。可惜的是，不能爬上兩百九十一公尺高塔上天線的頂端，否則慕尼黑就成為一座九秒城了，而我彈起瞬間的速度則能夠達到每小時一百八十五公里。

但我想在這座七秒鐘城市裡我可以好好活著，除此之外，我認為人在死亡的剎那應該長話短說。

我研究一種摩天大樓的循環序數好一陣子了，這個計畫一度擱在一邊，現在我又重新開始，全力以赴。我寫詩，花的時間與躍入深處一樣，沒有激情，只有速度。水平之否定，垂直之肯定，我唯一承認的深層意義是下降高度。

一首我以前的詩題目為「粥」：

摩天大樓在笑
在出租大樓的圍欄前
吐出
這首詩的主角
只有沙箱內的
腐敗小鳥看到
粥中有一個人

這首詩我是爲那棟一百一十四公尺高的希波銀行高樓寫的，一棟友善的高樓，窗戶在夕陽中閃耀著金色的光芒，眺望城裡的英國花園美不勝收。五至六秒的〈粥〉和一個人從屋頂俯衝的時間一樣長。

最短一首詩的題目是「花街」，獻給慕尼黑最老的一棟高樓，一棟建於一九二九年，十二層，僅四十五公尺高的磚房。

空氣阻力

空氣

抑揚頓挫地唸，這首詩所花的時間與從最上面一層跳下來的時間一樣，剛好三秒鐘。

幾年前我開始寫這些詩時，我還從高樓頂丟沙袋，用手按碼表計算時間。憑著一張記者證，我謊稱是攝影師，走過門房與管理員的身邊，他們有些甚至很和氣，從消防專用電梯到頂樓出電梯，幫我拿我藏了沙子的沉甸甸攝影包。後來我不再需要沙袋了，我向跳降落傘的人學自由落體的數學：受空氣阻力墜落的方程式，表格與圖表，這些都在描述著人疾馳向地面有多快，可以精確到十分之一秒。

從四千公尺高往下跳最美的剎那是發生於十秒過後，或者到三百公尺的地方，到那時候，墜落的速度一秒一秒地加倍，身體會從0加速至每小時兩百公里。

但這以後就忽然不會再更快了。

這是比冷粥還要厚的空氣。

是那個偉大的什麼東西，讓這世界停一下的東西，那個什麼東西，讓我們相信我們不是每秒鐘急降五十四公尺，而是我們在空氣中安息。那是自由落體最美的時刻。如果身體的空氣阻力和地心吸引力處於均衡狀態的話，這就靠近那魔術般的界限，那個百米賽跑選手也衝不過去的界限，那個卓越的阿民．哈利全力要衝過的界限，即使是世界上跑得最快的人，也不會在垂直線上或地平線上衝破那個界限，那面看不見的牆。

時至今日，或許佛陀也要和他的僧徒一起從摩天大樓往下跳，當作練習，藉由生命來訓練自由落體，以便了解空氣阻力的玄義，生命意義唯有墜落得夠深的人才推斷得出來。

當天色漸暗，我坐上車子，依隨著某種心情往北方開，駛出這座城市。我在工業區中浸入初升的海上大霧，於抵達溫特霍林之前，看著許多醜陋的事物消失在一片灰濛濛之中。這眞令人愉快，我幾乎什麼也看不到，對於寫著街名、發出亮光的牌子而言，這場霧可惜不夠濃。爲什麼郊區的街名總是那麼奇特？阿爾法街、貝塔街、迦瑪街。爲什麼不叫壓他那笨豪登．路卡斯街，或射死我你笨猴子街？

霍甫聯合企業的大樓位於歐米茄街，我慢慢滑進玻璃的金字塔裡。霧中高聳著金字塔輪廓的陰影，塔內的電梯井道發出微弱的光。我還有公司的證件，考慮著要不要搭電梯上去，無論如何，這是一幢一四六．六公尺高、六秒的高樓，甚至是一棟七或八秒的高樓，端看一個向下墜落的身體撞擊愈往下愈寬的外牆的頻繁程度而定。除此之外，我尙未寫過一首關於金字塔的詩呢。我把車停在公司空空的停車場上，讓鑰匙掛在那裡。像這樣的一個冬天晚上，空氣溫和得令人詫異，門房和氣地與我打招呼，我搭電梯上樓，剩下來的很快就可以說完。

墜落

中

我鬆開

倒數計時的數字錶

彈起緩和了電子的嗶嗶聲

這是星期天晚上，八點半過六秒，我感受到那偉大的什麼。一種阻力，那是空氣，別無其他。

〔附錄一〕

明夏與他的小說世界

陳玉慧

我本來只是去看一部電影，沒想到卻在電影院與一個人相遇，而且在幾天內便結了婚，這個人便是明夏。

那是一個冬天，一個平凡無奇的早冬，戲院大廳裡人群佇立，電影還未開始放映，我走進大廳等候，一些人站著喝咖啡和聊天，我看見了站在角落裡的一個男人在笑。

他在笑，不知爲什麼，他在角落裡一逕地笑著，我想這個人有點怪，這個最初印象，在結婚那麼多年都沒改變，我仍然覺得他有一點怪，總有出人意表的言談和玩笑話。但他脾氣非常好，非常和氣，很達觀，有點禪者的味道。跟我完全不同。我情緒不穩，常把罪過推給他。有時我激動地說話，他卻睡著了。醒來，立刻道歉，問我他是否應去煮咖啡，把自己弄醒。

影片還沒開始放映，我聽見門口有人走進來，回頭一看，正好是他。他遲疑了一下，走過來坐在我旁邊，整個電影院偌大，也沒幾個觀眾，他卻選擇坐在我身邊，他說，對他而言，這個決定不是很容易，反正，他走過來了，我問他好，他卻急著將他的毛衣脫下來，他說：讓我脫掉毛衣，才好說話。這就是他認識我的第一句話。他後來很後悔。

我雖然一向喜歡史瓦辛格的電影，但是這部《JUNIOR》（台灣譯爲「魔鬼二世」）可是一部無聊的電影，要不是他坐在旁邊，或許我會提早離開也不一定。電影結束，我打算回家了，我們一起走出電影院，我問他是不是要走了，他反問，要不要一起喝個咖啡？

結果，我們坐在一家最典型（或該說最無趣）的德國咖啡屋裡，我們各自點了一盤馬鈴薯湯。他對我解釋片中有關奧地利地名的幽默，以及，不久，他開始告訴我他的故事，他以前在巴登巴登國家廣播電台工作，一個住著許多有錢寡婦的華麗小城，他說他在那裡住了多年，有關他住在那裡的心境，他曾具體地寫了一章小說，小說的內容是一個年輕男人如何有計畫地謀殺老寡婦。

謀殺老寡婦？我想起，幾年前在巴黎也有二位男生以此謀生，直到有一天一個被謀殺的寡婦幸然未死，二個男生才被逮捕，結束這個無情的職業。

一些情節後來他用於小說的第一章，非常嚇人：一切從廁所開始，從廁所他可以看出一個人的內在。

在他原來的短篇裡，他在廁所裡思索，爾後出來，將愛上他的老婦人的頭給砸了。

那時的我已經在寫作，住在高樓上的公寓，可以眺望整個城。他在報社當編輯，對這種他稱爲「篡改」的工作失去興趣，想辭職回家寫劇本，我問他，你曾想過離開這個城市嗎？我不知道爲什麼我會這麼問，他說，沒錯，他想離開，去別的城市，譬如柏林，或者美國加州。我說舊金山很美，他突然看著我說：要不要一起去舊金山？

詭異的是，再更早之前，我曾寫過一篇文章，題目便叫「要不要一起去舊金山」，這篇文章現在收在散文集《失火》裡，那是我的第一本書。在文章結束時，一個女人說，她期待一個男人問她要不要一起出走，而且當下就去，如果眞有人問她要不要去舊金山，她不會說也許。我們後來去舊金山度蜜月。

明夏是一個很細心但又很天馬行空的人。我們常有精采的交談，他很能激發別人的靈感。我常常也想，如果每天和他的談話都能錄音下來，那便是一本本的書。我們曾試過錄音，但卻說不出話。他有時孩子氣，常會有一些孩子才有的頑皮動作，使我不得不搖頭，最典型的例子是，如果陌生人結識後馬上問他的職業，他會說他在加油站上班或者在賭場發牌。有時，他又像個任勞任怨的媽媽，負責又可依賴。大部分的時候，他是一個非常誠懇又正直的人，他不喜歡大男人社會下女性既有的固定形象，因此他常做家事，爲人又體貼有禮，因此不但我的父母，大家都喜歡他。

別人是成家立業，明夏在結婚後馬上辭職，他在家閒閒沒事，在我的

「逼迫」下，只好去電視台當選片，他到處出席影展，爲電視台買片，他買了許多李小龍和吳宇森的電影，十幾年前這些人在德國尚不是太有名，片子也不是那麼貴，他買了許多，有些約一簽便是廿年卅年，到今天，他早離開電視台了，而那些李小龍或周潤發的片子還不斷地在德國播放，都是他搞的鬼。其實，那些他選的片子還眞的有人看，收視率挺不錯，電視台老板還覺得他很有眼光。

有時，也有色情片商上門找他，明夏看那些影片看得頭昏眼花，還請他的朋友去兼差，幫忙看，寫下心得。他那樣搞了二年，又回到《南德日報》當編輯和寫作。他的散文寫作風格十分特殊，因此被情商每週固定去訪問一位在慕尼黑滿受歡迎的南韓跆拳道教練。那個專欄非常受歡迎，充滿異國風情及東方哲思，很快便結集成書，這是明夏的代筆事業的開始。

明夏後來爲好幾個不同的大師或 guru 代筆，書由他執筆，但掛名的是那些大師人物。他眞的搭乘名人的私人專機，陪那些人出席酒吧或什麼促銷會。因爲講究文體風格，明夏有時自已會爲大師發言詮釋，也由於下筆精采洗鍊，常有警句，大師們也開始覺得那些好句子全出自他們自己，逐漸也就相信自己是明夏所寫的那個人了。另外，明夏常陪著大師們出席記者會或朗誦會，留下許多荒謬的人生印象，那些經驗也可以在他的小說裡讀到，明夏看著那些大師和讀者談話，口裡居然冒出他自己杜撰的句子，不得不強做正經地陪笑。他常說，希望那些人以後不要精神分裂才好。

他眞的買了一套那種米色西裝褲，「穿起來像騙子或掮客，」他也自嘲，「我矇騙大衆已久，卻無人發現。」他在他的小說裡也說，他代筆時像妓女，有時老顧客上門，會放棄用保險套，小說是代筆作家的自傳，作者是代筆作家，他對讀者發聲，並說，你們就是老顧客，現在要說的是心聲，不另假借，但，這是眞的心聲嗎？還是作者的代筆？或者代筆的作者？或者都是？他的故事中另有故事。故事中的「我」原來是一種身分認同，而寫作者援用「我」字，不管對陌生人也好，老主顧也罷，就像妓女賣身，而作者也出賣「我」字，他出賣靈魂，就像妓女賣身。

我常問他，你這麼有才華，爲什麼代筆？他有時說，爲了賺錢，有時又說，這是達達主義的化身表現，他可以冒充模仿，他覺得站在幕後說話很有趣。後來我看他一本接一本地寫，就勸他不要再寫了，應該寫自己的東西。我這樣說了幾次，他都不爲所動。

他不寫文學作品，理由與我以前的看法一樣，文學是神聖的，要寫就要寫好，否則不要寫。他說他常爲許多作家感到汗顏，寫得那麼差勁，爲何自己看不出來。

我也認爲他說得對，也會反省自己，是否有必要寫正在寫的那一本書。

前二年，他離開報社，暫時無事，打算又要代筆，我遊說他寫小說，說了幾次，他終於行動，寫了一個梗概，他早已習慣收預付金，有錢才寫是他的規矩，他很快便拿到錢，因此他開始寫，梗概弄了很久，但內文三個月便寫完。

書進行至一半，他又去上班，但他堅持早上七點起床，寫到中午（跟他所不喜的文學家湯瑪斯・曼剛好一樣），然後與我出門去餐館吃午飯，我們常去的那家素食餐館常有各種奇怪的另類人物出現，吃完午飯，他才會騎自行車出門上班。他到今天還懷念那些日子。他說，寫作很辛苦，但寫完卻很幸福。他只喜歡寫完，不喜歡寫。

他說，寫作是一種死亡。小型的死亡。只有在寫時，才感覺自己活著。他在字裡行間活著，每個字，每一句，也同樣消失亡故。他還說，對照他的渺小，他的小說比他自己顯得巨大，他也藉著文字而存活。

影響明夏最深的作家有二位。其中一位也是我最喜愛的德語詩人里爾克，明夏和我一樣，對里爾克純粹而詩性的文字非常嚮往。他也酷愛讀波特萊爾的詩，應該說，波特萊爾的黑色憂鬱陪伴他的年少，他認爲波特萊爾的文字如數學般精準，而同時具有最優雅的旋律；波特萊爾是他的文學啓蒙。明夏認識我的第一天，便傳來一張他的照片，上方寫著一句：我總是在婚禮的時候哭，而在喪禮時笑，下方署名波特萊爾與我愛你。只是我的傳眞機沒印出來，他後來才告訴我。

另外一個作家是 Rolf Dieter Brinkmann，此人出版過攝影文字冊，是一位前衛詩人，卅年前過世，他的文字非常簡潔，同時銳利如攝影鏡頭。明夏還很推崇表現主義的作家 Gottfried Benn 和 Gerog Trakl，他同時喜歡達達主義作家 Kurt Schwitters。

明夏在巴伐利亞鄉村長大，度過無憂無慮的童年，但他是個古怪的孩子，正如在他小說中的情節，爲人在宗教課上瞎編懺悔的理由，在學校的課堂上，老師要大家收集蚯蚓，他家後院很多，他甚至將一些蚯蚓切半賣給同學。他會向老師抗議，坐在他旁邊的同學太臭了，他受不了，那個可憐的同學像許多德國農大的小孩，下課後都得與家畜爲伍。他說，他上課若覺得無聊，便整堂課練習移動自己的耳朵或眼睛。小說中失蹤的弟弟並不是眞實故事，他倒有一個在美國矽谷上班的哥哥。

明夏常爲我的作品寫序，我本來對他的優雅的德文便好生佩服，現在讀明夏的小說，發現他的文字不但優雅，還帶有一種少有明快的節奏感，那其實是小說的結構使然，故事的敘述者正在倒數計時，生命的倒數計時，明夏以令人屏息的速度帶領讀者到敘述者人生的最高點。墮落的速度和大自然空氣的氣壓抵消後，那便是最美的時刻。

死亡是明夏的創作主題，跟海明威一樣，只是他比海明威更激烈，而文中的眞實和荒涼又甚於卡繆，作爲他的伴侶那麼多年，我被他的文字所傳達的致命美感驚嚇，我似乎從中看到明夏不爲人所知的一面，他的生命裡隱藏著一個祕密，只有寫作才能把它召喚出來。

明夏四十五歲才出版第一本小說，書出版後獲得德國境內極大的好評和迴響，許許多多的人都推崇這本書，而小說的出版也改變了他的人生，具體影響了他的生活，我開始另眼看他。他仍然做著他那文字主編的上班工作，已經在寫第二本作品。他收集了所有的日記及旅行手札，已經是厚厚一疊。他打算每天七點起床，但我還沒看到他那麼做。

我心裡隱約知道，這第二本書可能更令我驚動。

〔附錄二〕

德文內找不到黑暗這個詞彙

紀蔚然對談明夏・柯內留斯

周安曼／翻譯整理

紀蔚然（以下簡稱「紀」）：恭喜你的第一本小說終於問世。

明夏・柯內留斯（以下簡稱「柯」）：我很擔心讀者是否可以接受這本書，因為這是本激進的小說，當你閱讀時會感到靈魂被撕裂。不過，以第一本小說來說賣得算不錯。

紀：為何這麼久才寫了第一本小說？

柯：我做了太久的代筆作家，一直以來都在替別人寫故事，而且我太忙了，我想我還沒準備好著手，我希望寫一本很精彩的小說。但我不後悔這麼晚才寫，因為我的人生經驗比較充分，更清楚自己要寫什麼。

紀：你真的很有耐心，像僧侶一樣。

柯：我一直把文學看得很神聖，我對寫作一事十分猶豫，直到突然有一天，我受夠這一切了，我想要開始著手。但在寫這本小說期間，我同時其他代筆工作在進行。其中一本是寫關於沙漠的故事，談的是「沙漠僧侶的智慧」，講述七萬年前在沙漠裡人們試圖尋求上帝的慰藉以擺脫心中的苦悶，他們因憂鬱症來到沙漠，在炙熱的天氣下為了擺脫憂鬱尋找上帝的蹤跡，卻反而找到了自己生命的意義。所以那時，白天我寫著「沙漠僧侶的智慧」，晚上則寫著「現代僧侶的智慧」。

紀：很顯然地你從其他書中擷取靈感。

柯：是啊，都混在腦袋裡了。

紀：所以你還保有編輯的工作。這是一本很有趣的小說，我花兩天仔細看完。故事的原型很精彩，講述一個人專門負責撰寫其他人的傳記，但最後他變得像鬼魂一樣。這是一個關於自我身分的無止境探求，我想大概和你的工作有很大關連。

柯：我很驚訝你明白我想說的是什麼，如果你問我這是不是我眞實的人生，我會說是也不是。一方面來說，是的，我是一個幫名人代筆的作家。否定的是，如果只是重複這樣的經驗就太無趣了，但我在之間找到一個共同點，就是這些人內在的空虛。如果你是一個代筆作家，你必須簽署一份合約，上面規定不得對所聽到的事情評論。但事實上，沒有東西可以讓你評論，如果你深入了解這些人，你會發現他們空無一物，毫無深度。所以我採用了這個部分，加上我的情緒和靈魂，我試圖吞食自己，血淋淋地檢視外表之下的我。所以，是也不是。

紀：如果這個敘述者存在，雇用他寫自傳的人也存在，他們的人生乏善可陳，即使他們有強烈的自尊心，他們還是乏味至極，那麼所謂的自我探索其實是沒有意義的。

柯：我覺得，一方面你可以把這本書視爲宗教勸世的書。主角在尋找自我的同時也在體驗這些名人的生活，體驗自己，他就像變色龍一樣，同時他有能力和直覺進入這些人的大腦裡。另一方面，他本身完全空虛，但他有天賦。他覺得他過著一種空虛的生活，必須持續地探索，卻又已經在這些名人的生活中迷失了自我。所以當一個人迷失自我本體時，也同時失去其個性。關於宗教的部分，如果你在追尋眞理的途中越探越深，最後會發現其實什麼都沒有。就像進入一種沉思，人生的最高境界是達到空無，他某種程度是達到了，就在裡面，像鬼魂一樣。

紀：你覺得敘述者達到這個境界了嗎？或其他牧師和僧侶達到了嗎？

柯：沒有。

紀：他認為他看透或體驗了人生不同層面，最後僅有的卻是最純粹的東西。

柯：你越想往下挖，但得到的卻是最表層。

紀：我很喜歡你用的代筆自傳這個形式。它是由一個他者告訴我們一個「我」的故事，透過錄音帶、出書，將一切形諸文字，而裡面所描寫的那個「我」早已經過當事人篩選扭曲，再由代筆者篩選扭曲，所得到的結果已不只是柏拉圖所說的「twice remove from truth」。我們僅有的就是語言，很可悲的是我們卻必須透過文字來了解自己，再由別人來代筆就更奇怪了。當然，有一天我自己寫自傳時，我也一定會有代筆的感覺：自我意識是分裂的。

柯：當我寫書的時候，我感到一種存在的眞實，而每當我寫完一個句子，就覺得自己轉換了一個身分。所以只有寫書時，我可以感到徹底的快樂。這本書在討論一個身分認同的問題，誰是「我」，這個「我」代表著身為人的主體和一個人所保有的個性。但這書中的英雄掉落到「零」，而語言揭露了過程，透過語言我們了解事情的原委。這本書是個悲劇，因為我們是透過一個職業騙子來告訴我們事情發生的經過；他試圖揭露，但他是個騙子，他知道如何將傳記寫得很精彩，就像一個整型醫生知道如何整出漂亮的眼睛和嘴唇。同樣地，在這裡敘述者把你困在書中，而我用語言作為工具，把人一層層撕開，從皮膚到肌肉、骨頭，最後是頭蓋骨，對我來說語言便具有這樣的功能。

紀：我還是必須相信語言。

柯：很有趣的是在德文裡，你得不到「黑暗」的詞彙，我試著想表達一種黑暗面，但最後都只有「黑」。

紀：這本書的中文翻譯翻得很好，有些文化面的東西不容易翻譯出來，但在這本書我可以看到一些幽默。我下一個問題是，當你寫作時，似乎可以很自然地鋪陳整個架構。

柯：我想這是我看世界的方法，所以寫下來對我來說很容易，我就是用這些奇怪的角度來看這個世界。

紀：這很難得，好好珍惜，別失去了！

柯：我覺得有時候失去是好的。寫這本書時我分成兩個部分。一個在二〇〇四年，我跟著聽到的旋律，對我而言，寫作是音樂，我跟隨旋律來構成句子；當我下筆時，我不知道什麼時候會結束，我只是跟著旋律走。另一部分是，中間我還有另外兩本書必須在二〇〇五年年底前完成，我發現我只剩下四個月，所以我試著把之前的旋律找回來，卻已經不見了。我回頭翻筆記，給自己一個禮拜的時間重整思慮，之後那個旋律又回來了，我覺得很開心，就像喝啤酒般，那樣美妙。

紀：既然你用了旋律的比喻，對我來說，小說的論調，尤其語言，就是一種旋律。總是會出現轉折。

柯：我很高興翻譯翻得不錯。轉折就像打坐一樣，靈魂出竅時剩下的空殼，如照相機般。另外一個瘋狂的點是，整部小說都有提到糞便（胡扯），可就兩方面來說，哲學面和現實面。主角喜歡躲在廁所裡，像僧侶一樣，因他覺得這裡可以看到名人眞實的一面。一個人的眞實面是當他「不存在」的時候。主角花了十五分鐘坐在某個人的廁所裡，這對任何人來說都是一種挑釁，但對他而言，是一種冥想、禱告。故事一開始，他坐在馬桶上四十分鐘，爲了什麼？爲了審視自己的人生。之後，他去採訪一位只在乎排泄物的日本僧侶，他一點都不想討論自己的傳記，反而向小說主角表述，德國人的糞便有三公斤，菲律賓人有一公斤等等。關於這本書我想表達的是，媒體力量充斥著我們四周，這是一種利己主義，這些人的自我意識有時就像闡揚佛法的師父般，他們代表著社會秩序，但當你仔細觀察後會發現一切都是假象。

紀：所以他就像隻寄生蟲，吸著我們的血。一直以來我們被教育要對自己誠實，找尋自己、了解自己，也許這個自我追尋的概念就和寄生蟲一樣。像書中提到敘述者心中的小小男人，他是寄生蟲中的寄生蟲，沒有自己的自己。

柯：有些評論說這本書帶有負面的佛教思想，負面且陰暗的啓發。

紀：書中也探討了主體的意象，把自己視爲一個獨立的個體。我喜歡你創造的邪惡不可一世的角色霍甫。

柯：現實生活裡我眞的認識類似的人，他趁著新經濟時代致富——在德國從一九九九年到二〇〇〇年期間，我們稱之爲新經濟，當時很多人靠著從事網路和新媒體事業而賺錢。我認識一個人，一開始從事販售電視轉播權，後來投資股票從中獲利百分之三十。你想像當你買了一百張歐洲股票，可賺多少錢，這個人的獲利比所有亞洲投資者一年加起來還要多。我受雇幫他寫自傳，搭乘他的私人專機飛到美國。當時我親眼目睹一個人如何遊走股票市場，他就像一個充氣玩偶般，有些人覺得他愛耍詭計，後來他公司的股票重挫。我很喜歡他，他幽默風趣而且聰明，但現在他的名聲不好，公司倒了，他拿了所有的錢從此消失。

紀：對我而言，霍甫是個資本主義者、法西斯者。我想問的是——我相信這是因爲全球化的影響——他是全球化影響下最佳的典範，他對賓士汽車有很好的遠景，他的中心思想就是賣、賣、賣，金錢就是性愛。這和德國人有特別關聯嗎？

柯：某方面來說他是很典型的德國人，他表現得就像一個老闆，在他企圖隱瞞一切之前。當代筆作家見到他時，他要作家寫下「自己的」人生，但作家毫無頭緒，他知道怎麼編撰其他人的人生，卻不知道如何寫自己的人生。他坐了一個小時，一愁莫展，覺得也許該寫下一些日常生活的字眼，於是他寫了母親、性愛、飢餓、金錢、上帝和狗屎六個詞，這就是他的人生，六個詞。

紀：這個轉折點是從小說敘述者的角度來看，而對你來說，寫作是什麼？

柯：如果我們不只是爲了娛樂，如果我們想得多一點，有時這是唯一可以表達自己的方式。爲了錢你可以選擇其他主題，一些美好的題目，但我想寫作可以結合和表達更深奧思想。

紀：書中還有一段主角與計程車司機的交談，這是你的眞實經驗嗎？

柯：是的，非常眞實。我第一次到台北時，你無法想像十二年前的台北和現在差別有多大，現在的台北就像南法的城市般。以前台北很髒，但我很喜歡，我喜歡城市有點擁擠和骯髒的感覺，所以我把這些經驗放在書裡。每一次我來台北都更愛這個地方，也許以後我會在這裡定居；我很喜歡這裡的多元性，很優雅、呈現現代和傳統的融合。如果你從鄉下來，你會喜歡像慕尼黑這樣的大城市，但你無法一出地鐵就看到山巒，你們擁有這麼美麗的大自然，這座城市太不可思議了。事情變化很快，有好有壞。我正在收集第二本書的題材，也許一些在台北，另外爲其他城市。新的小說在探討人對永恆的夢想，祈求獲得救贖，故事講述一個人對於不同國家的死亡文化感到著迷。我爲此參加台灣的葬禮，你們會燒東西，錢或物品，對歐洲人來說（尤其是我）感到很新奇，因爲你們必須燒東西給過世的人。就中國人的邏輯思維，賓士代表富貴，這不是奇怪而是新奇。我還買了一個「健康通行證」；之前我們需要信用卡，現在則需要代表健康的銀行以及通行簽證，這很聰明，因爲在古希臘人最後要通往死亡之地，必須有通行證來通過。

紀：談談塞車吧！

柯：我覺得這是很眞實的一部分，每個人都想從A到B，但你被卡在中間。當我寫的時候我希望省略過程，讓節奏快一點，但我們其實是活在每個情緒之中。如果我們被困在車陣中，有些時候冥想可以讓一切慢下來；每個人在當下都會很激進，很憤怒，你只想一直往前走。所以在這個時候，最眞實的感覺就會出現，你可以一笑置之，取笑自己，你到達不了你現在想去的地方。太多人總是沒有耐心，在其他地方像是洛杉磯，群衆甚至因爲太憤怒而對彼此開槍。

紀：來聊聊安迪．沃荷，我沒想到你會用一個眞實的人物。

柯：那只是一個名字，而我玩弄了一下他的名字而已，安迪．沃荷對我來說有特別意義在。他曾經寫過《安迪．沃荷的普普人生》，其中有一段說自己像個錄音機，最棒的事情就是做一個錄音機；書本內容即是錄下他和朋友的對話。現在只有兩個人用這樣的方式寫書，楚門．卡波提和安迪．沃荷。沃荷的目標是成爲一個錄音機，我把這個元素放在我的小說裡，揶揄一番，嘲弄那些我覺得像安迪．沃荷的人。

紀：對我來說，安迪．沃荷不是個值得探究的藝術家，但「安迪．沃荷」神話卻是有趣的現象。你賦予書中出版商安迪．沃荷這個名字，也許想探討的是沃荷對整個消費主義的影響，反過來說也可以，是消費主義對「安迪．沃荷」的物盡其用。

柯：因爲這個出版商是憤世嫉俗的人，而他派人去撰寫其他人的傳記對我來說是一種藝術。主角代筆作家就像一個人生的收藏家。他從來不聽訪談所錄的錄音帶，他只是盯著看，從來不聽。他把錄音帶放在盒子裡，就像收集蝴蝶標本一樣，又是一種寄生蟲似的行爲。

紀：代筆寫作是一種達達主義嗎？

柯：看你怎麼定義達達，達達帶有點荒謬，但我的文字是有意義的。我不覺得我的作品像達達，但我想有點像漫畫式的達達，存在抽象有趣的佛教觀點。

紀：對敘述者來說什麼是神聖的，什麼是褻瀆的？

柯：其實都一樣，他和僧侶或牧師相處的經驗都是無稽之談。他的精神祕密，也就是書中關於宗教的部分，和其他名人或女演員的經歷是相同的。每個人都會有一種想法，讓自己更漂亮，讓事情頓時可以變得很世俗和安全。

紀：就像主角所說，只要待在某人的廁所一段時間，自然就可以完全了解這個人，很身體的，也很精神。這是本書的基調：精神性頓時可以變得非常物質性。

柯：在結尾，主角試著尋求突破界限；他曾經訪問一個百米好手，第一位創下十秒以下紀錄的人。我曾經做過研究，一個人的身體極限無法跑超過九・四秒，除非你裝人工關節或是加強肌肉訓練。另一點是，如果你從高空落下，由於地心引力的影響，你無法超過時速兩百公里，空氣中的壓力會擠壓你，十秒鐘過後，你會加速，但有個極限，有一道無形的牆擋住，而主角就在尋找一種突破。書中最後寫到，他有一個很奇怪的癖好，以下降高度來劃分城市；但很可惜我寫的當時台北一〇一還沒蓋好，不然他會從一〇一上跳下。大約十秒鐘吧！你可感受那個瞬間，很美的瞬間，當加速停止、空氣壓力上來時；如果搭乘滑翔翼的感覺更好。而且在這個瞬間，速度和壓力是平衡的，你可以體會到萬物皆空的意義。空氣將我們的肌膚和空氣分離開來，但瞬間裡應外合，「零」成爲了瞬間。

紀：當我讀到跳樓記秒那部分時，我有種敘述者會跳樓的預感。

柯：我十七歲的時候很想寫詩，因爲當時很迷波特萊爾和一些二〇、三〇年代的詩人。就像我在小說裡寫的詩，讀詩的時間必須和從高樓墜落的時間相等，你必須體驗寫詩的過程，從上到下。所以書中的兩首詩，是我嘗試用優美的文字來表達一些感受。

紀：對敘述者來說，存在就是墜地，它彷彿是深根徹底的垂直思考，而非只想看到地平面。坐在計程車上從A點到B點就是一個橫向思考，從你出生開始，就是一種墜地；這是我在你書中看到的觀點。在西方文學裡「fall」這個意象多少帶點宗教意味。小說的結尾談到大樓，一個人從上面落下需要多少時間，最後敘述者眞的跳樓，即使是我預期的結果，還是令我感到震驚，你用很戲劇性的方式做了結尾。

柯：主角是個職業的騙子，也許一切都是他編造的謊言。小說分成三個部分：第一是他把你當讀者來談，寫關於他的人生，用傳統的方法。當他發現自己已經不是這個人時，他想寫以前的自己。第二個部分出現，他去面對自己是誰。但你無法確定，因爲這是一個職業騙子所說的故事。最後結尾是個暗示，他會自殺嗎？他會走向另一個層面嗎？消失或死亡，莎士比亞式的結局。或許兩種不同結局同時出現？我不知道。讀者會感到震驚，並重新思考。你覺得他是個平民英雄嗎？你喜歡他嗎？

紀：我喜歡他，我很崇拜他，他是個悲劇英雄。他看事情和描述事情的方式讓他像個追尋者。

柯：就一個人而言，他對自己很誠實，不會感到恥辱。

紀：我喜歡他因爲他是個無道德的人，靠文明吃飯卻完全看穿文明。他討厭人性，民主。有一段講到他朋友告訴他自己被老婆甩了，他的反應很無情。他不太在乎人情世故，反世俗，這不就是我們想做到而無法企及的無道德境界嗎？

柯：講到世俗，六年前和玉慧造訪香港時，我在櫥窗外看到一個新的美容產品。上面的廣告寫著：你的面具就是你自己。同樣地，小說中主角某種程度上也在販售一種產品。請你接受這樣的人生哲學，接受這瓶乳液，它很適合你，因爲你的面具就是你自己。我不知道這是什麼牌子但我希望它不會告我。

紀：談談主角的弟弟。小時候因爲主角的關係，弟弟失蹤了。我想讀者會希望在小說裡多談關於他弟弟的部分，爲什麼他會消失等等。

柯：有一段講到他弟弟躲在洞穴裡，然後突然消失大家都找不到他。這個陰影一直不停捆綁著主角，他想躲避，所以他總是到車庫，躲在深處，或者像是廁所裡，將自己隱藏起來。這個童年的記憶，詛咒著他。在我的第一份草稿中，我想寫躲在類似洞穴裡的故事，整本書在車內完成，主角開著他的老舊捷豹，總是躲在車庫裡，坐在車內冥想，寫下所有故事；他失去了一切，工作、妻子，但他同時接下了新的合約，必須完成霍甫的傳記。但後來我覺得有點太奇怪。

紀：有點類似杜斯妥耶夫斯基的《地下室手記》。

柯：我喜歡很多日本作家的作品，像安部公房的《箱男》，講述一個乞丐住在樹屋裡，總是從樹上看著外面的世界。關於本書裡童年的記憶，如果以比較傳統的寫法，會描述藍色的天，下著雨，很悲傷，天空轉陰。但當我寫完時，我把這些部分都刪掉，我不需要它，因爲童年的記憶只是造成他內疚的一個小插曲。

紀：這就是爲什麼這本小說如此獨特，當我讀到這一段時，以爲會認識這個人的家庭、弟弟和他的內疚，但事實上著墨不多，彷彿你在吊讀者的胃口。我想多數的讀者會期望知道他弟弟最後發生了什麼事。

柯：他躲起來，永遠躲在一個面具背後，不論是在地下室、車內，他一直在逃避。書中提到達賴喇嘛教派裡的僧侶被送去瑞士實驗室作磁波偵測，發現僧侶腦中的珈瑪波非常高且意識清晰，他就想，如果也把他的腦放進磁管測量，會不會測出他的混濁。

主角弟弟的失蹤是段很悲慘可怕的故事，你可以因此體會他的冷漠。當需要面對情緒時，他總是表現得很無情，他常說他沒有感覺，我們只看到他靈魂的表面。我想寫一些黑暗面，以漂亮的詞彙，像波特萊爾般，傳統的詩作的大師，他可以寫一具街上的屍體但旁邊擺著一朵美麗的花，說「你是我的愛，如同我死去的軀殼般」，這一類的詩。我想用優美的詞藻、押韻和格式，但內容是黑暗的，你會被優美的文字給吸引，同時也被陰沉的內容震懾，但幸福的美感一樣存在，眞理出現。有時候故事寫來不是爲了震驚讀者，而是爲了美感存在。

紀：同時也讓讀者一窺自己內心的黑暗面。

柯：有時候我覺得每個人都可以成爲任何人，不論哪種國籍，我們分享著同樣的電影、流行，同樣無稽的傳媒，什麼才是眞實的自己呢？我們只是盲目追隨流行，電影裡虛假的情感，家具必須長這樣，鞋子必須是那樣，就連文學也必須是某種模式。有時候當你碰觸這些時，你必須找到方法來面對。我試著對自己誠實，所以很自然地寫了下來。

紀：當我說主角無道德時，我覺得是他沒有道德感，而非我們一般所說的傷風敗俗。因爲這個世界很混亂，每件事都被商業化，道德已不存在。但對主角而言，當他努力介入時，他在尋找的是一種更高標準的道德觀，他不是在尋求欺騙、市場化、商品化的價值觀。我覺得這是小說中最有趣的部分，主角的尋找。

柯：他並不快樂，他可以是開心的，有錢、不缺乏女人，但這些對他不足爲奇，他想要探索更深的東西，就像宗教上的心靈追求般。

紀：最後到達一個超越道德的境界。他所擁有的是虛的。

柯：我們每個人所擁有的都是空虛。

紀：我很喜歡書裡把寫作比喻成旋轉壽司的部分。你對寫作有這麼憤世嫉俗嗎？即使我知道你把寫作視爲很嚴肅的事情。當然我把你和書中主角相比較是不公平的，但你是如何產生這種想法？

柯：有天當我和編輯部的同事在餐廳聊天，突然有感而發。我們閒話家常言不及義，大家走來走去，突然我腦海中出現一個畫面，我有三頁稿子要完成，但我不知道該怎麼下筆，我盯著稿子看，心想我也許該放棄。有種力量督促著你必須完成，就像代筆作家替人操刀，你必須完成書才能拿到稿費。我發現其中有個很漂亮的比喻，一個職業的作家必須完成某件事，不論任何原因，當然拿這個和人生作比喻是很愚昧的事情，但我覺得這就像薛西弗斯推石頭上山一樣。你不能吃太多壽司，吃夠了就可以離開。如果你不走出去，會被陷在永遠吃不盡的壽司盤上。這是種沒有意義的比喻，薛西弗斯般輪迴。

紀：對主角來說，寫作可以非常制式化，坐在壽司店，看著輸送帶上的壽司，但對你來說，卻不一樣。

柯：當然程度上有不同，我不覺得寫作是憤世嫉俗的，它只是揭露內心世界眞實的方法。然而要達到內心的眞理，所有作家都有自己的訣竅或方式。譬如德國作家席勒，他寫作時總會放一顆腐敗的蘋果在桌上，他必須要聞那個味道才能寫作。每個人都有自己的一套方法，就像有些人需要聽音樂。而我在書裡寫的正是我個人的經驗，我學的是戲劇，那時我必須完成我的論文，所以我靠節食來懲罰自己，就像小說裡一樣，當時我每天只吃豆子，不然就是吃動物肝臟或很老的肉，配上起司。我跟自己說，必須在三到四個月內完成，完成之前我只吃這些東西。當你失去一些注意力，譬如食物時，對你是好的，可以讓你專心於寫作。這樣制式化的方式幫助我寫作，我每天六點起床，七點開始工作直到十二點，吃點東西然後到辦公室繼續。

紀：我可以感同身受，因爲寫作對我來說也必須是很制式化，才能擠出非制式的東西來。你靠節制飲食，我需要的則是音樂。當我寫一個劇本，有時必須聽同樣的音樂，一再一再地重複，如果我換別的音樂，就無法繼續下去。現在的我可能更制式，連音樂也不聽了。我很想騙自己，說「樂在心中」那種屁話，但我隱約感覺到，這或許是我該減產，或停筆的訊號。

柯：我覺得寫劇本和寫詩，更加困難。因爲你寫的並不是你心裡想的，當你說我愛你，其實表示我恨你，而你必須用文字表現出來。和詩一樣，字裡行間隱藏著看不見的情感和意義，不是每個人都看得懂劇本，如果他們了解了，就會知道劇作有多麼棒。像莎士比亞的劇本，不同在於他用很優美的詞藻，閱讀時會發現很強烈的情感在裡面。

紀：我很嚮往寫小說。我是個劇作家，但當我讀小說時，覺得小說家都像海綿一樣，你們要吸收好多知識。有人說小說家像是小百科，我倒覺得好的小說家是寄生蟲。

柯：但眞正會用的「知識」卻只有一小部分。

紀：例如小說裡有一段寫在壽司店吃飯。

柯：這和我本身工作時自我要求有關，節制飲食。當你有兩頁稿子要完成時，不論花多久時間，就是有兩頁要完成，否則我絕對無法按時交稿。當只有三個月的時間，如果今天完成兩頁，明天四頁，保持著這樣的心態，你會自行發明解決的辦法。當我帶著這樣的心情去壽司店，就會發生類似書裡的情節。我也很喜歡在車上訪問的部分，很像公路電影，從紐倫堡到慕尼黑。霍甫本身已經是個英雄，是個老闆，就像我前面提到的那個德國人一樣，我套用他的形象，他沒有時間受訪，我總在尾隨他的腳步。每一次我進行訪問時，他總會叫我關掉錄音機，來聊點別的事情，但你沒辦法寫。當你跟隨一個人，試圖從他身上得到些什麼時，通常什麼都沒有，反而得到你不想知道的。所以我把這個經驗放在書裡。每天做訪問是很奇怪的事情，永遠在重複同樣動作，用制式化的方式來達到目標。

紀：所以每件事都變得制式化嗎？

柯：這是我從僧侶身上學到的。當時我必須完成四本關於僧侶住在僧院的故事。他不是我們之前講的虛假的僧侶。當我和他住在一起時，我發現他們的生活是非常制式化的。早上他們做早課，一天念佛四次，規律的生活對他們人生有很大的幫助。

紀：對僧侶來說，很多制式化的反應會轉換成精神性，但在小說裡卻是相反的。

柯：的確，小說裡變得很負面。

紀：之前和陳玉慧聊起，常有人把你和卡繆相比較。我不認爲你和卡繆有相似的地方，他少了你的幽默感，卡繆的文字太沉重了。當然我很喜歡他的作品，但和你的風格完全不同。

柯：我不覺得我跟他很像，我讀過唯一一本卡繆的小說就是《異鄉人》，我比較喜歡日本文學而非法國文學。

紀：你覺得這是一本男性導向的小說嗎？小說的敘述者是男性，他喜歡從男性的觀點來看事情，你寫的時候有意識到嗎？

柯：沒有。當我寫完時才發現也許我該改變一下，但我沒有，就讓它自然發生。可是很有趣的是最好的評論是女性寫的，她們很喜歡，並沒有說這本書很沙文主義，只有一個人說過這是很典型的男性小說，但其他評論者都是女性。

紀：你的小說和現今德國文壇有什麼不同處？

柯：我想和我同一代的作家有很大不同。老一輩的作家喜歡討論納粹和希特勒的題材，年輕的一輩喜歡流行的題材，沒什麼內容只著重在生活風格。現在很少作家寫文學類的作品，多傾向大眾小品，漸漸遺忘語言文字的功用。

紀：二十世紀以後，尤其是下半葉，出現了太多以第一人稱為敘述者的小說，你對這種風格有什麼想法？

柯：我一向不喜歡敘述者為第一人稱，我想寫些不同的東西。如同我之前說的，主角是個職業騙子，就好比一名妓女以「我」當作工具，通常會使用保險套，但今天，為了親愛的讀者，我決定不用保險套。我想如此仍然能寫出文學性的作品。我下一部小說將會完全不同，敘述者像部攝影機，記錄、拍攝，沒有第一人稱，多了分距離感。在二十一世紀你仍然可用「我」為第一人稱，因為他的工作是「我」的專職借用。

紀：因為敘述者是個騙子，小說裡的「我」沒什麼需要隱瞞的，算是個不帶保險套的「我」。

柯：我甚至想過不同結局。也許主角是個凶手，他殺了所有曾經幫他們寫過傳記的人。其中有一段警察在偵訊他，因為所有他寫過的人都離奇死亡，像那位老牌女演員，但他否認，他說如果是他，他會用不同的手法。另一種結局是有天這位代筆作家在車庫裡被發現，昏倒在他的車旁。送到醫院後，醫生替他做了些檢查，但他開始胡言亂語。小說開頭是一段心理醫生的錄音對話，他認為代筆作家覺得自己是一位警察，卻打扮成心理醫生的樣子，要求存檔所有的錄音帶，他認爲這些錄音帶可幫助案情調查，所以他要求調閱所有錄音帶，因爲他太喜歡錄音帶了。但我覺得這樣的故事太過典型，有人已經用過這種題材。也許下一部小說我會加入更多這種元素，但不會只著重在一個人身上，故事裡的主角都在尋找救贖。

紀：可以談談你的第二本小說嗎？通常第一本都比較簡單，第二本就困難許多，尤其當第一本很成功時，大家對接下來的作品會有很多期待，你已經感受到壓力了嗎？

柯：我感受到的壓力和第一本時一樣，我很迷信，所以不想談論太多。我現在正在收集資料，關於角色個性等等，但還有一部分沒有想到，就是如何收尾。之後我會開始著手第二本書，即使和第一本一樣，我可能還是會更改結局。寫作時你會感覺到你創作出來的角色長出了不同東西，你知道它是存在的，寫著寫著你會發現方向錯了，但你必須堅定，砍掉一些雜念或做些什麼，讓它更符合故事走向。

INK PUBLISHING
文學叢書 155

最美的時刻

作　　者　明夏・柯內留斯
譯　　者　楊夢茹
總 編 輯　初安民
責任編輯　施淑清
美術編輯　張薰芳
校　　對　施淑清

發 行 人　張書銘
出　　版　INK 印刻出版有限公司
台北縣中和市中正路 800 號 13 樓之 3
電話：02-22281626
傳真：02-22281598
e-mail: ink.book@msa.hinet.net
網　　址　舒讀網 http://www.sudu.cc

法律顧問　漢廷法律事務所
劉大正律師
總 代 理　展智文化事業股份有限公司
電話：02-22533362・22535856
傳真：02-22518350
郵政劃撥　19000691 成陽出版股份有限公司
印　　刷　海王印刷事業股份有限公司

出版日期　2007 年 5 月 初版
ISBN　978-986-6873-24-9

定價　260 元

國家圖書館出版品預行編目資料

最美的時刻／
明夏・柯內留斯（Michael Cornelius）著；
楊夢茹譯.－－初版，－－臺北縣中和市：INK 印刻，
2007〔民 96〕面；　公分（文學叢書；155）
譯自：Der Sch nste Moment
ISBN 978-986-6873-24-9（平裝）
875.57　　96007295

INK